LES

TROIS DISPARUS

DU " SIRIUS "

3º SÉRIE IN-4º

L'amiral, escorté de l'état-major du *Guichen* et de ses officiers d'ordonnance, recevait les invités. (P. 9.)

LES
TROIS DISPARUS

DU "SIRIUS"

PAR

GEORGES PRICE

TOURS

ALFRED MAME ET FILS, ÉDITEURS

—

M DCCC XCVI

LES
TROIS DISPARUS
DU "SIRIUS"

PREMIÈRE PARTIE
LES PRISONNIERS DE LA MER

I

COMMENT, APRÈS UN QUADRILLE DÉSAGRÉABLE, UN LIEUTENANT DE VAISSEAU
FUT CHARGÉ D'UNE MISSION ÉGALEMENT DÉSAGRÉABLE

Le jeudi 5 septembre 1892, il y avait bal à bord du cuirassé de premier rang *le Guichen*, battant pavillon du vice-amiral de la Rénolière, et ancré au Pirée avec le reste de l'escadre.

Les vaisseaux français étaient mouillés dans le port depuis une semaine, et suivant la tradition remontant à la bataille de Navarin, qui unit profondément notre patrie et la Grèce, nos officiers et nos matelots avaient été, pendant cette semaine, fêtés de toutes les manières par les Hellènes. D'autre part, il y avait en même temps, au Pirée, un cuirassé russe, *le Dimitri-Donskoï*, et une frégate espagnole, *la Almanza*. Au lendemain de Cronstadt, les Russes avaient invité à de fraternelles agapes leurs camarades français; et les Espagnols, ne voulant pas être en reste, avaient déployé à leur égard toute leur amabilité castillane. Si bien que le brave amiral, tiraillé entre tous ces assauts de courtoisie raffinée et de cordiale hospitalité, manquant du temps nécessaire pour échelonner les marques de sa reconnaissance, avait pris le parti de remercier tout le monde en bloc, en offrant à ces amis de la France une de ces fêtes qui empruntent à leur cadre et à l'ingéniosité de nos marins un éclat si particulier et une si originale saveur.

Le pont du *Guichen* avait été transformé en une magnifique salle de bal, recouverte par une tente retombant sur les bastingages, et éclairée tout entière par des bouquets de lumière électrique disposés dans des lustres faits avec des faisceaux d'armes. Des rampes électriques enguirlandaient les tourelles des gros canons, qui disparaissaient sous des enchevêtrements de plantes vertes, et laissaient seulement apparaître, au milieu de cette luxuriante ornementation, les cuivres polis de leurs formidables culasses. Les pavillons de tous les pays, drapés par des tapissiers improvisés et adroits, cachaient l'austérité des parois de fer, et se relevaient en larges plis maintenus par d'éblouissants trophées. On avait dévalisé la timonerie de toutes ses étamines à signaux, qui cachaient la voûte de toile sous un revêtement multicolore. L'excellente musique du *Guichen* avait pris place sur la passerelle; et, sous la marquise de l'arrière, on avait dressé un confortable et original buffet, éclairé par des gerbes lumineuses disposées derrière d'énormes blocs de glace, qui, renvoyant la lumière au gré de leurs immenses facettes, scintillaient comme de gigantesques et invraisemblables pierres précieuses. N'eût été l'allure militaire des préposés au buffet et l'aspect guerrier des canons et des trophées, même cachés sous les fleurs, personne n'eût pu penser que cette gracieuse salle de bal était aménagée dans un de ces puissants et terribles engins de mort que sont les vaisseaux cuirassés, nul n'eût pu s'imaginer que ce plancher poli, foulé par de mignons souliers de satin, que ce hall diapré, où évoluaient à la chaude lumière des lampes Edison tant de jolies toilettes et tant de brillants uniformes, était appelé peut-être à se transformer quelque jour en un sanglant champ de bataille, éventré par les obus, balayé par les canons-revolvers, menacé par le choc fulgurant des torpilles; nul n'eût pu se figurer que, de tous ces pavillons associant les bizarreries de leurs chaudes couleurs, il pouvait ne rester un jour qu'un drapeau tricolore en lambeaux, fièrement cloué à la tôle de la mâture de guerre.

Et nous devons ajouter que nul ne s'avisait de songer à ces terribles retours. On s'amusait, à bord du *Guichen*, sans arrière-pensée et sans réflexions philosophiques; les officiers de marine jouissaient de l'heure présente en braves gens pour lesquels les bonnes occasions sont rares, et les invités, goûtant largement l'originalité du cadre, se laissaient aller au charme de l'hospitalité française. On s'était arraché les invitations pour le bal. Aussi, tandis que les quadrilles commençaient déjà à se trouver à l'étroit, les canots continuaient-ils à amener à l'escalier de tribord des chargements de robes claires, de plastrons dorés et d'habits noirs, qui abordaient sans encombre, éclairés sur leur parcours par les rayons lumineux des projecteurs et par de puissantes fusées de couleur qui, dans leur épanouissement, jetaient une lueur intense sur le port et sur les maisons du Pirée. L'amiral, installé à la coupée, escorté de l'état-major du *Guichen* et de ses officiers d'ordonnance, recevait les invités, et dépensait la large provision de mots aimables qu'il avait sagement faite à leur intention.

C'était un homme du monde dans toute la force du terme que M. de la Rénolière, aussi parfait gentleman que bon marin. Néanmoins, après une heure et demie de séjour à la coupée du *Guichen*, il commençait à désirer sérieusement l'arrivée des derniers invités. Tout son stock de formules hospitalières était épuisé; il en était aux efforts d'imagination les plus énergiques pour ne pas se répéter, et, dans un moment d'accalmie, il disait à l'un de ses officiers, en mettant une troisième paire de gants blancs :

« J'ai déjà eu deux paires de gants tuées sous moi. »

Ce à quoi l'officier avait répondu par un accès de gaieté fort convenablement hiérarchisé.

A ce moment un personnage très brodé débarqua de son canot, et, dès que l'amiral l'eut aperçu, il fit deux pas à sa rencontre, les mains tendues.

« Ah! mon cher consul, vous êtes en retard, dit-il amicalement.

— C'est vrai, amiral, répondit tout bas le consul de France. Mais je viens de recevoir d'importantes nouvelles, et je vous avoue que je n'ai guère le cœur à m'amuser.

— Quelles nouvelles?

— Je vous les communiquerai tout à l'heure, d'autant plus que j'ai une dépêche pour vous. Faites-moi signe au premier moment de liberté que vous aurez, et nous causerons dans votre appartement. Il est inutile de troubler la fête.

— Mais qu'y a-t-il? quelque complication diplomatique?...

— Il y a moins et plus, amiral. Il y a le choléra à Beyrouth. »

. . . .

Pendant ce court colloque, deux hommes causaient, assis dans l'angle formé par une tourelle et le bastingage.

Le premier était un lieutenant de vaisseau, âgé de vingt-huit ans environ. Brun et d'aspect énergique, le jeune officier paraissait quelque peu mélancolique, et comme dépaysé au milieu de cette fête. Son compagnon, beaucoup plus âgé que lui, était en simple habit noir, et ne portait aucune décoration. A son allure distinguée, mais assez raide, aussi bien qu'à la couleur très blonde de sa barbe et de ses cheveux, qui commençaient à s'argenter sur les tempes, il était facile de reconnaître un Anglais.

Ce gentleman était sir Owen J. Townsend, naturaliste distingué, créé baronnet par Sa Majesté la reine pour ses beaux travaux sur la faune et la flore océaniques, et propriétaire du magnifique steam-yacht *l'Investigator*, actuellement ancré au Pirée. Ce superbe bâtiment de plaisance avait fait l'admiration de nos officiers : il jaugeait huit cents tonneaux, et comprenait, outre les luxueux appartements du maître, des laboratoires merveilleusement aménagés, une bibliothèque abondamment pourvue, et un outillage des plus complets en vue du genre d'études auxquelles s'était voué sir Owen.

Le lieutenant de vaisseau s'appelait Georges de Malher, et était le neveu, par alliance, du naturaliste anglais. Il avait épousé, en effet, une jeune fille née et élevée en France, dont le père, M. Aubertot, aujourd'hui décédé, était un maître de forges français, mais dont la mère était la sœur de sir Owen.

En sa qualité d'homme de mer convaincu, le savant s'était pris d'une très grande affection pour son neveu, en raison même de la profession de celui-ci; et comme son yacht croisait en ce moment sur les côtes d'Égypte, il avait saisi l'occasion de l'arrêt de l'escadre française au Pirée pour traverser la Méditerranée, venir serrer la main à son jeune parent, et lui prodiguer en même temps quelques amicales consolations. L'officier, en effet, avait de quoi être un peu mélancolique. Il était à peine marié depuis six mois lorsqu'il avait dû prendre le commandement du *Sirius*, petit bâtiment léger de six cents tonneaux à peine, attaché à l'escadre du Levant, pour faire le service de mouche, quelque chose comme une besogne de commissionnaire. Ce n'était pas que la situation lui répugnât : tout compte fait, il était le maître sur son modeste bateau, aussi bien que le commandant du *Richelieu* à bord du sien. Son état-major ne se composait que d'un enseigne de vaisseau, d'un aspirant de première classe, d'un sous-commissaire, d'un médecin et d'un pharmacien, et son équipage ne comptait qu'une trentaine d'hommes. Mais enfin il méditait l'aphorisme du conquérant romain, d'après lequel il vaut mieux être le premier dans un petit village que le second dans Rome.

Seulement il supportait mal cette séparation que le ministre de la marine, peu sentimental, lui avait imposée dès le début de son entrée en ménage, et il avait besoin de toute sa résignation chrétienne et de tous ses instincts de discipline pour ne pas maudire son malencontreux supérieur.

Donc, sir Owen, pendant le bal, était occupé à gourmander très sérieusement son parent sur ses airs sombres, et s'attachait à le réconforter à sa manière.

« Voyons, mon cher ami, vous n'avez plus guère que trois mois à attendre pour rentrer chez vous. Trois mois, c'est bientôt passé.

— Vous en parlez à votre aise...

— Mais non... Oui, je sais bien, vous allez encore me dire que moi je suis un vieux garçon. C'est parfaitement juste. Mais cela ne prouve rien. Vous verrez comme vous serez content de retrouver votre femme! Vous l'aimerez cent fois davantage que si vous ne l'aviez pas quittée. Croyez-moi, quoique simple natura-liste, je suis un peu psychologue. Eh bien! je vous affirme que l'absence est à l'affec-tion ce que les pickles sont au roastbeef. Passez-moi cette com-paraison saugrenue, mais qui rend bien ma pensée. »

A quoi Georges de Malher répondait :

« Tout cela, c'est charmant. Mais je vous affirme que je donnerais bien trois ans d'avancement et bien d'autres choses encore, y compris le portefeuille de mon ministre, pour être en ce moment dans une petite maison blanche cachée sous de grands arbres, au Mourillon, dans

Cinq minutes plus tard, Georges de Malher prenait congé de sir Owen.

laquelle ma femme joue probablement aux échecs avec une respectable cousine. »

A ce moment, un capitaine de frégate daigna demander à Georges de lui faire vis-à-vis. On ne peut faire autrement que d'être très flatté d'une telle demande d'un supérieur. Le jeune officier s'inclina, prit place au quadrille avec une danseuse quelconque, brouilla les figures, subit les regards irrités du capitaine de frégate et les sourires ironiques de son oncle, et éprouva, après avoir reconduit sa danseuse à sa place, le premier moment de satisfaction réelle qu'il eût connu depuis longtemps.

Au moment où il revenait vers sir Owen, un officier à aiguillettes s'approcha de lui et le prit à part.

« Monsieur, lui dit-il, l'amiral vous prie de venir immédiatement lui parler, sans en rien dire à personne. Vous plaît-il de m'accompagner? »

Georges, très surpris, s'inclina. Il suivit son guide parmi la foule des invités, pénétra dans les appartements de l'arrière, franchit une porte près de laquelle veillait un matelot armé d'une hallebarde, et attendit pendant que l'officier d'ordonnance allait prévenir l'amiral.

M. de la Rénolière, très soucieux, était seul avec le consul de France.

« Mon cher monsieur de Malher, lui dit-il, je vous ai fait appeler immédiatement, parce que la mission que j'ai à vous donner ne souffre aucun retard. Vous allez rentrer immédiatement à bord du *Sirius*, faire allumer les feux, et, dès que vous aurez assez de pression, vous vous rangerez à quai pour prendre un chargement. Le choléra a éclaté à Beyrouth avec une grande violence. Nos nationaux, les écoles que nous protégeons, sont décimés. Enfin, étant donné notre rôle en Orient, nous devons venir de suite au secours des malheureuses populations éprouvées par le fléau.

« M. le consul de France a pris, dès ce soir, des mesures d'urgence pour faire préparer des remèdes et tout ce que vous pourrez charger de désinfectants. Dès que votre arrimage sera terminé, vous embarquerez six médecins, dont deux civils, choisis par M. le consul, et quatre appartenant à notre service de santé. Vous vous rendrez d'une traite à Beyrouth, et là vous attendrez des ordres, en conciliant, suivant votre conscience, le soin de votre équipage et les devoirs de l'humanité.

— C'est bien, amiral, je pars immédiatement.

— Allez, Monsieur, je compte sur votre discrétion; il sera temps qu'on apprenne demain cette triste nouvelle. La mission n'est pas sans danger; je vous souhaite bonne chance. »

Cinq minutes plus tard, Georges de Malher prenait congé de sir Owen, qui réclamait en vain des explications.

« Je vous les donnerai à bord du *Sirius,* mon cher oncle, si vous voulez bien que je vous y offre l'hospitalité jusqu'à demain. Dans le cas contraire, je suis lié.

— Soit, » dit sir Owen.

Et il descendit dans le canot en compagnie du jeune homme, non sans allumer flegmatiquement un cigare.

II

OU L'ON FAIT CONNAISSANCE AVEC JEAN HALGOUET, DIT *QUOSÉ*

Pendant que la foule élégante se pressait sur le pont du *Guichen,* une dizaine de matelots français, appartenant à l'équipage du *Sirius,* prenaient leurs ébats à terre en compagnie de trois marins russes et de quatre camarades espagnols.

Les matelots français ne parlaient pas un mot de russe ni d'espagnol; les Russes n'entendaient ni l'espagnol ni le français, et les Espagnols n'avaient pas la moindre idée du français ni du russe, ce qui n'empêchait pas la troupe joyeuse de faire excellent ménage et de mettre en commun, par des stations variées et répétées dans les cabarets, les roubles, les douros et les pièces de cent sous.

Le chef de la bande était un matelot breton, nommé Jean Halgouët, « né natif des Billiers, près Muzillac, à deux pas de Questembert, Morbihan. » C'est ainsi qu'il avait exposé son état-civil aux Russes, qui avaient salué avec admiration, et aux Espagnols, qui s'étaient inclinés avec dignité.

Le susdit Jean Halgouët était tanné comme un cuir de Cordoue, ayant déjà, comme il le disait élégamment, « huit ans de navigation dans les membrures. » Il était d'une taille moyenne, mais leste et musclé comme un clown. Passionnément épris de la mer, n'entrevoyant pas à sa vie d'autre horizon qu'une barque de pêche et des filets au jour de la mise à la retraite, il aurait pu avoir de l'avancement si son imagination ne lui avait fait du tort. Sous prétexte que la terre est faite pour s'amuser, il se créait, dans les ports, un ordre de distractions variées qui avait souvent provoqué les plaintes des indigènes à l'esprit étroit qu'il avait honorés de ses farces. Si bien que, malgré son intelligence réelle, ses qualités de marin et une instruction curieuse, il était resté simple matelot de deuxième classe.

Nous venons de parler de son instruction curieuse. En effet, Jean Halgouët avait

eu pour maître un vieux capitaine au long cours retiré à Billiers, et qui appartenait
à une variété assez rare de marin : le marin épris du classique, traducteur d'Horace
et lecteur d'Homère. Le brave capitaine, frappé de l'intelligence de son petit voisin,
avait entrepris son éducation, et le résultat de ses leçons avait été singulier. Jean
était en coquetterie réglée avec l'orthographe, mais il connaissait à fond la mytho-
logie. Il ne savait que vaguement l'histoire de la découverte de l'Amérique, mais
il eût raconté sans défaillance de mémoire l'expédition des Argonautes, « de fins
matelots tout de même, quoique montés sur un fichu sabot. » Il croyait fermement,
quand par hasard il y pensait, que Louis XIII avait été le successeur de Louis XII;
mais il était parfaitement fixé sur le rôle de Neptune comme dieu de la mer, et il
avait même gardé l'habitude d'employer, comme juron, le *quos ego* indigné que
Virgile met dans la bouche du dieu. Aussi ses camarades l'avaient-ils surnommé
Quoségo, et par abréviation Quosé, ce qu'entendant les Espagnols, ils l'avaient immédiatement appelé don José.

De plus, Jean Halgouët était un patriote convaincu, et, en bon matelot breton,
il nourrissait une haine noire pour les Anglais. Toutes les fois qu'il se trouvait en
présence d'un de ces « ennemis héréditaires », il s'efforçait de lui jouer quelque
bon tour de sa façon, et il arrivait souvent que ces agréables facéties se terminaient
par des assauts de boxe où les insulaires avaient rarement le dessus. Quosé avait une
manière particulière de faire intervenir dans la lutte le talon de sa botte, qui stupé-
fiait les Anglais habitués à la boxe classique, et leur donnait, par un repos consé-
cutif et obligatoire d'une semaine, tout le loisir de méditer sur la supériorité de la
savate française.

C'est ainsi qu'un an auparavant, se trouvant à Cavite, aux Philippines, dans une
taverne, il s'était pris de querelle avec un matelot écossais d'une taille gigantesque,
auquel il avait fait la petite plaisanterie de remuer son verre d'aguardiente avec le bout
d'une badine qu'il tenait à la main. L'Écossais avait bondi par-dessus la table, et
s'était mis à faire pleuvoir une grêle de formidables coups de poing sur le crâne
durci du Breton. Mais celui-ci, sans s'émouvoir, avait empoigné à deux mains les deux
côtés du collet de la vareuse de son adversaire, les avait prestement retournés en
faisant descendre le vêtement le long du corps, ce qui avait eu pour effet de ligoter
les deux bras du géant; après quoi il l'avait coiffé d'un énorme pot de miel qui se
trouvait sous sa main. Là-dessus il s'était écrié : *Sic vos non vobis mellificatis, apes!*

Des camarades s'étaient interposés des deux côtés; la police espagnole, qui par
miracle n'était pas loin, était intervenue, et l'affaire n'avait pas eu d'autres suites. Mais
l'Écossais furibond avait juré qu'il se vengerait de Quosé en particulier et des
Français en général, ce qui avait fait rire le Breton.

Ce soir-là, Quosé, désirant faire honneur aux Russes et aux Espagnols, s'était mis en frais d'imagination. Il était bien tranquille, du reste, toute la police du Pirée se trouvant du côté des quais pour faire honneur aux invités et assister au feu d'artifice de l'escadre française. Aussi promenait-il par les rues un grand mannequin fait de deux perches en croix recouvertes d'un caban et coiffées d'un béret, qu'il présentait aux fenêtres des étages en le cognant aux vitres, et qui provoquait l'apparition de têtes effarées, protégées par d'étranges coiffures de nuit. Il frappa à la porte d'un malheureux changeur, auquel il demanda gravement la monnaie d'une drachme en s'offrant poliment à payer le courtage, acheta chez un épicier des chandelles avec lesquelles il illumina la devanture du charcutier Epaminondas Zoopoulos, lequel crut à un incendie et ameuta tout le quartier.

Nous devons convenir que, en raison du pays, les plaisanteries de Quosé auraient pu être imprégnées d'un peu plus d'atticisme. Mais telles quelles, et j'en passe, elles eurent le don d'amuser beaucoup la bande, qui, avant de regagner les navires, entra très gaiement chez la veuve Dracon Basili, laquelle tenait, place Philopœmen, un débit de raki en bonne réputation auprès de MM. les matelots des différentes nationalités.

Un groupe de buveurs s'y trouvait déjà : cinq ou six hommes blonds, vigoureux et colorés de figure, portant brodé en rouge sur leur jersey bleu, à hauteur de la poitrine, le nom du yacht anglais l'*Investigator*.

Les compagnons de Jean Halgouët ne prirent pas garde tout d'abord à ces consommateurs, et s'occupèrent consciencieusement à la confection d'un punch formidable, destiné en même temps à cimenter une amitié déjà vieille au moins de deux heures, et à adoucir les amertumes de la séparation, très probablement éternelle. Au moment où la liqueur commençait à flamber, un des Français fit observer à Halgouët que les Anglais semblaient leur accorder une attention toute particulière. En effet, les marins de l'*Investigator* chuchotaient à demi-voix, les yeux fixés sur la bande, et l'un d'eux, qui tournait le dos, avait exécuté sur son banc une évolution de trois-quarts et dirigeait sur Halgouët lui-même des regards chargés de colère.

Sur la remarque de ses compagnons, le Breton cessa un moment d'agiter le punch avec sa grande cuiller, et examina les Anglais.

« Tiens, tiens, fit-il, voilà une drôle d'aventure. Tu vois ce grand diable qui me regarde comme si ses yeux étaient des canons Hotchkiss? Eh bien! c'est mon Anglais de Cavite, aux Philippines, celui qui a consommé sans le vouloir une si grande quantité de miel des douces abeilles de l'Hymète.

— Pas possible!

— Lui-même. Eh! dis donc là-bas, toi, l'homme à la barbe rousse, on dirait que tu me reconnais?

— Yes, je reconnaissais vo parfaitement.

— A la bonne heure! Alors, mon vieux, tu vas me faire le plaisir de nous laisser tranquilles et de dire aux doux agneaux qui t'accompagnent de ne plus s'occuper de nous. »

L'Anglais se leva, s'avança vers le milieu de la salle, et là, les bras croisés, dit :

« Voulez-vous donner une revanche à moâ?

— Non, mon vieux, non; pour deux raisons : la première, c'est que je ne puis faire à ces messieurs l'injure de négliger le punch qu'ils ont confié à mes soins; la seconde, c'est qu'il est tard, et que nous devons rentrer à bord. Ainsi, si tu le veux bien, ce sera pour une autre fois. »

Et, toujours calme, le Breton puisait le punch brûlant, et le laissait retomber en gerbes bleues. Les autres Anglais, debout, s'étaient groupés derrière l'homme de Cavite.

« All right! reprit celui-ci avec sang-froid, ce sera pour une autre fois; mais je povais dire que, aussi vrai que je appelai moâ Thomas Tingle, vo étiez un lâche, comme tous les Français. »

A ce mot il y eut un bacchanal effroyable. Les Français s'étaient levés d'un bond, et le bol de punch l'échappa belle. Les Espagnols et les Russes, qui n'avaient rien compris, mais qui voyaient que leurs amis avaient une querelle, les avaient imités. Les Anglais s'avançaient, les poings serrés. Une rixe était imminente. Halgouët ne perdit pas la tête; il saisit instantanément la gravité d'une pareille affaire. Il se jeta au-devant de ses amis et les arrêta du geste :

« Un moment, dit-il, c'est une affaire personnelle entre ce paroissien-là et moi, et j'entends que personne ne s'en mêle. Quant à toi, mon fils, je comprends que tu m'en veuilles, quoique je ne t'aie donné que des douceurs. Mais moi, comme je ne t'en veux pas, je n'ai pas le moindre désir de te supprimer. Seulement, puisque tu viens de m'injurier, je vais te proposer un pari : tu as la barbe rouge? Eh bien! je te parie trois francs deux sous, — tu appelles ça une demi-couronne, — que, en une minute, je vais te teindre la barbe en blond clair. Par exemple, il est bien convenu que personne ne s'en mêlera? »

L'Anglais ricana et se mit en garde.

« C'est dit. Nous y sommes? Attention! Une, deusse, troisse. »

Quosé s'avança sur l'Anglais dans une garde de boxe très correcte. Tout le monde se demandait ce qu'il allait faire et comment il s'y prendrait pour cette opération de teinture, qui paraissait passablement compliquée.

Halgouët enleva Thomas Tingle tout gesticulant, et le précipita dans une immense huche
pleine de farine de maïs.

La réponse ne fut pas longue. Le Breton commença par porter un ou deux coups de poing à son adversaire; puis, quand celui-ci riposta, et sans s'inquiéter de ses coups, il se baissa vivement, s'aplatit pour ainsi dire à terre, embrassa vigoureusement dans ses bras nerveux les deux jarrets du géant, l'enleva de terre, l'emporta tout gesticulant et le précipita, la tête la première, dans une immense huche pleine

de farine jaune et dorée, où le malheureux resta une seconde planté jusqu'aux épaules. Pendant que les Anglais se précipitaient vers leur camarade, Jean Halgouët jeta quelque monnaie sur la table, sous les yeux ahuris de Mme Dracon Basili, et sortit accompagné de toute la troupe, qui se tordait de rire. Et, tandis qu'on en-

Pendant ce temps, les Anglais dégageaient Thomas Tingle.

tendait encore les imprécations des matelots britanniques, on tourna rapidement la place Philopœmen, et l'on prit vivement le chemin le plus court pour revenir au port, où attendait le canot des permissionnaires de minuit. Les Français prirent congé, avec force poignées de main, des Russes et des Espagnols, enchantés d'une soirée aussi gaie et de l'épisode final, et se dirigèrent vers l'emplacement où devait attendre l'embarcation.

A leur grand étonnement celle-ci n'y était plus; mais ils trouvèrent à la place un de leurs camarades qui les informa que le *Sirius* manœuvrait pour accoster au quai, qu'il allait y prendre un chargement mystérieux et partir pour une destination

inconnue. Une heure plus tard, Jean Halgouët dit Quosé et ses compagnons réin-
tégraient le bâtiment.

Pendant ce temps, les Anglais dégageaient Thomas Tingle de la situation
désagréable où le Breton l'avait laissé. Enduit jusqu'à la poitrine de farine de maïs,
le matelot qui en avait dans les yeux, dans la bouche et dans le nez, toussait,
éternuait, jurait et ingurgitait, pour se remettre, force verres de raki. En même
temps, il époussetait sa barbe rouge, que, suivant sa promesse, Quosé avait teinte
en blond filasse avec cette maudite farine. Quand il fut tout à fait revenu à lui,
il faillit avoir une congestion en se rendant un compte exact de la nouvelle humiliation que venait de lui infliger son adversaire.

« Écoutez-moi bien, dit-il à ses compagnons : Si jamais il dépend de moi
de démolir le *Sirius* et de noyer tout ce que je pourrai de Français maudits, je jure
sur ma barbe, rouge ou blonde, que je n'y manquerai pas. »

Le lendemain, Thomas Tingle apprit que sir Owen Townsend avait donné l'ordre
de tout préparer pour l'appareillage, et que l'*Investigator* allait naviguer de conserve
avec le *Sirius*.

III

Le consul de France prit congé de M. de la Rénolière presque aussitôt après le départ de Georges, et revint à terre en compagnie d'un médecin de marine immédiatement désigné par l'amiral pour diriger la mission et veiller aux préparatifs. Sous leur énergique direction on put amener sur les quais, dès la première heure, une partie du chargement que devait embarquer le *Sirius*. Prévenus immédiatement, les entrepôts de produits chimiques purent expédier d'Athènes, par le premier train partant pour le Pirée, un certain nombre de barils de désinfectants divers, qui furent continuellement suivis d'autres arrivages. En même temps les pharmaciens de la rue d'Hermès, réquisitionnés d'urgence, confectionnaient des caisses de médicaments, qui prenaient, sitôt le dernier clou planté, le même chemin que les désinfectants, et qu'accompagnaient plusieurs appareils de distillation, pouvant fonctionner avec de l'alcool, et destinés à fournir immédiatement des eaux pures sur les points où les eaux potables sembleraient douteuses, ainsi que des ballots de toile caoutchoutée, pour empêcher la contamination des literies.

Le médecin major Lucien Sergeant, chef de la mission médicale choisie par M. de la Rénolière, surveillait le classement de ces précieuses marchandises, et trouvait le temps, tout en vaquant à ses devoirs et en ayant l'œil à tout, de se livrer à une besogne qui lui tenait singulièrement au cœur. Le brave médecin avait, depuis des années, consacré tous ses loisirs à l'étude du choléra. Or, par une fatalité qu'il attribuait volontiers à sa malechance, jamais, au grand jamais, il n'avait pu assister à une épidémie cholériforme. Chaque fois que la terrible maladie avait éclaté d'un côté, l'excellent docteur avait été embarqué pour une direction diamétralement opposée. En revanche, il avait cent fois vu de près la fièvre jaune. Mais la fièvre jaune l'intéressait médiocrement. On a ses petites préférences. Un jour, il s'était cru enfin favorisé par le destin : il avait quitté San-Francisco pour aller à Yokohama, dévasté alors par ce qu'il appelait une superbe épidémie. Mais le diable s'en était mêlé, et à son arrivée le fléau avait cessé.

Ce qui le taquinait, c'est que, en raison de sa persévérance à s'occuper du choléra et des innombrables mémoires qu'il avait envoyés sur ce sujet aux corps savants, un cer-

tain nombre de confrères étaient devenus jaloux de lui, et ne se gênaient pas pour hausser les épaules à ses conclusions et pour dire : « Sergeant! laissez-nous donc tranquilles : c'est un honnête médecin; mais il n'a jamais vu une épidémie de choléra. »

Sir Owen échangea avec le médecin une cordiale poignée de main.

Eh bien! il allait en voir une, et sérieusement : non pas à la façon des princes de la science, qui vont passer deux jours dans les localités infestées, et reviennent avec un beau rapport, mais en praticien doublé d'un observateur, résolu à rester sur la brèche jusqu'au bout, à expérimenter, à étudier, à analyser, et, par surcroît, à sauver le plus de monde possible.

En vue de ses expériences, le docteur Sergeant avait donc ajouté au chargement général du *Sirius* son petit chargement particulier, composé de tout ce qu'il faut pour organiser un laboratoire d'études microbiologiques. Et, au comble de la joie, s'interrompant de temps à autre pour se frotter les mains, il vérifiait soigneusement lui-même l'emballage des cornues, des ballons, des flacons à tubulures, des réchauds en terre réfractaire, des tubes et des microscopes, et descendait lui-même surveiller l'installation de ces fragiles colis dans les cales du *Sirius*, où il avait trouvé un réduit présentant toutes les garanties nécessaires, tout près de la cloison de la cambuse.

D'après ce qui précède, on peut juger du caractère du docteur Sergeant. Sa note dominante était la ténacité. A cette qualité il joignait un sang-froid parfait, bien que dissimulé souvent sous les apparences d'une exubérance digne d'un Méridional. Au physique, c'était un homme d'assez haute taille, plutôt maigre, ayant gardé, à quarante-six ans, tous ses cheveux à peine grisonnants, et deux rangées intactes de dents très blanches. Ses favoris, un peu plus gris que ses cheveux, mais correctement taillés en deux touffes, et son teint légèrement hâlé, décelaient l'homme de mer, même sous l'habit bourgeois. En somme, le docteur Sergeant était un brave homme, savant de mérite, et, à part les petites jalousies de confrères auxquelles nous avons fait allusion, il ne comptait que des amis.

Pendant le chargement, opération pour laquelle, vu l'urgence, un détachement de marins fourni par les autres cuirassés de l'escadre prêtait son concours à l'équipage du *Sirius*, le docteur se promenait sur le quai avec le commandant de Malher, et interrompait fréquemment sa conversation, dont naturellement l'épidémie de Beyrouth faisait les frais, pour envoyer des estafettes chercher quelques objets nouveaux, dont il écrivait la désignation et la nomenclature sur des pages déchirées de son carnet, au gré des inspirations que lui suggérait sa pensée constamment tendue vers le même but. De temps à autre les deux officiers franchissaient la passerelle jetée entre le quai et le navire pour examiner les détails de l'arrimage. Puis ils revenaient à terre pour veiller à ce que les différentes catégories de marchandises ne fussent pas confondues, ce qui aurait compliqué et prolongé le travail.

A quatre heures de l'après-midi, on en avait à peu près fini avec le chargement. Le médecin et Georges de Malher redescendaient à quai pour s'assurer que rien n'avait été omis, lorsqu'ils se trouvèrent face à face avec sir Owen.

« Eh bien! dit le naturaliste, votre arrimage est-il terminé?

— Il va l'être.

— Et quand prenez-vous la mer?

— Je me rends immédiatement à bord du *Guichen* pour saluer l'amiral et prendre ses dernières instructions. Je pense que nous nous mettrons en route demain matin. Comme je ne vous reverrai sans doute pas d'ici là, mon cher oncle, je voudrais vous charger de quelques commissions et de deux ou trois lettres pour les miens. On ne sait ni qui vit ni qui meurt, n'est-ce pas? et comme je vais dans un endroit où, paraît-il, on meurt sérieusement, je voudrais...

— Diable! dit sir Owen, je ne demanderais pas mieux que d'accepter cette mission funèbre; mais il y a une petite difficulté.

— Et laquelle, mon oncle?

— C'est que je pars avec vous, ou du moins en même temps que vous.

— Et pour quel endroit?

— Pour Beyrouth, donc. J'ai réfléchi, mon cher ami, qu'il était de mon devoir d'Anglais de ne pas laisser des Français affronter seuls le danger. Que diable! nous avons des compatriotes aussi en Syrie. Alors j'ai fait charger sur mon yacht tout ce que j'ai pu de préservatifs et de médicaments,... pas grand'chose, par parenthèse, car vous avez à peu près tout pris. J'ai tout fait préparer pour l'appareillage. A la rigueur, j'aurais pu vous devancer; mais, comme c'était à vous que je devais l'indication, j'ai jugé convenable de vous accompagner, de sorte que...

— De sorte que?

— L'*Investigator* naviguera de conserve avec le *Sirius*, si vous n'y voyez pas d'inconvénient.

— C'est sérieux? Vous avez réfléchi que vous alliez vous exposer sans nécessité, sans que le devoir vous y oblige? Vous avez songé aux suites, aux quarantaines, à tous les ennuis qui, à défaut de malheur, peuvent et doivent vous assaillir? Vous avez pensé à vos hommes, que vous emmenez ainsi peut-être à la mort?

— J'ai pensé à tout. Pour ce qui m'est personnel, je n'ai de compte à rendre qu'à ma conscience. En ce qui concerne mes hommes, je les ai prévenus du but du voyage, j'ai rompu tous les engagements et annoncé que je donnerais une double paye à ceux qui resteraient et une indemnité à ceux qui me quitteraient. Il en est parti trois sur vingt-deux. Les autres ont agi dans la plénitude de leur libre arbitre. Je suis donc moralement tranquille.

— Eh bien! mon cher oncle, dit Georges, c'est très bien, vous savez, ce que vous faites là.

— Ma foi, mon cher ami, je n'ai pas la moindre peur. Et puis, moi, je ne suis pas marié... Si l'un de nous deux est malade, l'autre le soignera.

— Et nous ne serons pas malades, interrompit le docteur, qui assistait à l'entretien. Et nous verrons une belle épidémie, et nous sauverons beaucoup de monde. Pour moi, je comprends parfaitement que monsieur ait envie de voir cela. »

Georges s'aperçut alors seulement, à l'air un peu revêche de sir Owen, qu'il avait négligé la formalité de la présentation. Il se hâta de réparer cet oubli, et l'Anglais échangea avec le médecin un vigoureux *shakehands,* la cordiale poignée de main d'hommes qui, en deux minutes, viennent d'apprendre à s'estimer.

« Allons, Messieurs, c'est bien, dit Georges de Malher. Nous nous retrouverons à Beyrouth, mon oncle, et nous ferons tous de notre mieux, vous au nom de l'Angleterre, et moi au nom de la France.

— Et moi, dit le médecin, au nom de l'humanité. »

Le lendemain matin, au petit jour, le *Sirius* et l'*Investigator* franchissaient les passes, et, à trois encablures l'un de l'autre, faisaient route sur le sud-est.

Le *Sirius*, nous l'avons dit, était un navire léger de six cents tonneaux, construit spécialement en vue de la vitesse. Aussi toutes ses formes avaient-elles été calculées pour atteindre ce but. Entièrement construit en acier, il mesurait quarante-deux mètres de l'étrave à l'étambot, et seulement sept mètres au maître-bau. Son étrave tombait à la mer suivant une ligne rigoureusement perpendiculaire, et ses flancs s'effilaient jusqu'à l'avant par une courbe donnant, en plan, un angle aigu comme une pointe de flèche. Sa machine, de cinq cents chevaux, véritable pièce d'horlogerie, sortait des ateliers d'Indret, et actionnait une seule hélice. Le navire, ainsi conditionné, atteignait en temps normal une vitesse de dix-sept nœuds.

Il était divisé, dans sa longueur, en sept compartiments étanches, communiquant entre eux par des portes dont les joints, garnis de caoutchouc comprimé, étaient également imperméables à l'eau; chaque compartiment était percé, à sa partie supérieure, d'une écoutille fermant par deux battants, suivant le même système que les portes. En cas d'avarie ou de voie d'eau, on pouvait isoler ainsi complètement le compartiment envahi, et assurer, quand bien même il eût été rempli, le maintien à flot du navire.

Le *Sirius* était gréé en trois-mâts-goélette, et portait une artillerie très sommaire, composée seulement de six canons-revolvers.

L'*Investigator* était de dimensions plus considérables, puisqu'il jaugeait huit cents tonneaux. Construit en fer, il avait été établi pour se servir à volonté de la vapeur ou de la voile. Aussi était-il gréé en trois-mâts-barque, c'est-à-dire que les deux phares d'avant étaient à voiles carrées, et que le mât d'artimon seul ne portait qu'une brigantine. Néanmoins son mât de beaupré était rudimentaire, et l'étrave affectait à peu près la même forme que celle du *Sirius*. Nous avons déjà parlé de ses aménagements intérieurs, très confortables, et complétés par les laboratoires du savant naturaliste qui en était le propriétaire.

Ces détails étaient nécessaires pour l'intelligence de ce qui va suivre.

Le *Sirius* était incomparablement meilleur marcheur que l'*Investigator*, qui appartenait à la catégorie des navires mixtes. Aussi eût-il évidemment pris une rapide avance sur son compagnon de route, d'autant plus qu'en raison de l'urgence

Le docteur se promenait sur le quai avec le commandant de Malher.

de sa mission son commandant devait s'affranchir de toute politesse, et tâcher, sans souci de distancer « sa conserve », d'arriver le plus vite possible au but de son voyage. Sir Owen se rendait un compte exact de cette situation. Aussi avait-il donné ordre d'obtenir de sa machine son maximum de vitesse et de forcer les feux. Néanmoins il serait certainement resté en arrière s'il n'eût été favorisé par une forte brise du nord-ouest qui lui permit de déployer sa large voilure, et, ainsi aidé, de se maintenir à la hauteur du *Sirius*.

On était parti le 7 septembre, à quatre heures du matin. Toute la première partie de la journée se passa sans encombre pour les deux bâtiments. La mer était légèrement houleuse, et le ciel couvert. Néanmoins, à midi, une déchirure dans la voûte des nuages permit de faire le point. Le *Sirius* se trouvait par 36º 29' de latitude nord et par 23º 32' de longitude est. Georges de Malher descendit déjeuner ; puis, le repas rapidement expédié, remonta sur le pont en compagnie du docteur Sergeant. Tous deux causèrent un instant avec l'officier de quart, après quoi, en compagnie du commissaire, ils descendirent dans les soutes de l'avant pour examiner la façon dont l'arrimage avait été fait. Dans la précipitation de l'embarquement, en effet, on n'avait pas pris des précautions suffisantes, et, en cas de coup de mer, la cargaison était sujette à se déplacer, et à nuire ainsi à la stabilité du navire. Georges aurait pu envoyer à sa place un de ses officiers, mais il avait l'habitude de tout voir par lui-même, et d'ailleurs il avait dans l'officier de quart, qui lui était depuis longtemps connu, la plus grande confiance.

Les trois officiers avaient emmené avec eux un matelot qui n'était autre que notre ami Jean Halgouët, dit Quosé, lequel portait un fanal. Ils passèrent successivement dans deux des compartiments étanches. En arrivant dans le second, Georges remarqua qu'un certain nombre de barils n'était pas suffisamment soutenu, et aurait pu s'effondrer sous l'influence du roulis. Le danger était imminent, et déjà l'on percevait dans l'amoncellement des tonneaux, sous l'influence de la houle, un certain flottement précurseur d'un écroulement possible. Comme il n'y avait pas à reprendre à fond, en mer, l'installation de ces barils, qui contenaient de la chaux, on résolut de les consolider avec des câbles, et le commissaire remonta sur le pont pour aller chercher deux ou trois hommes et les grelins nécessaires.

Au moment où il disparaissait par l'échelle en fer de l'écoutille, il se croisa avec un aspirant qui descendait.

Celui-ci s'approcha du lieutenant de vaisseau et lui dit :

« Commandant, l'officier de quart m'envoie vous faire part d'un phénomène assez singulier dans ces parages et dans cette saison. Le vent vient de sauter subitement à l'ouest, et nous a enveloppés en deux minutes d'un épais nuage de brume.

De la passerelle on ne distingue pas le mât de misaine. Il a immédiatement restreint la vitesse, et m'a chargé de vous prévenir.

— Tiens, dit M. de Malher, c'est assez rare effectivement. Il a bien fait de ralentir; mais dites-lui qu'il arrête tout à fait et qu'il fasse jouer la sirène, sonner la cloche, et allumer les feux de position.

— Les feux de position sont allumés.

— C'est bien. Il n'y a pas de péril en la demeure. Je monte dans un instant, dès que ce tas de barriques sera consolidé. »

L'aspirant se retira. Deux minutes venaient à peine de s'écouler, lorsque Georges, s'impatientant, dit :

« Après tout, le commissaire saura bien faire étayer la cargaison. Cette brume m'inquiète. Remontons, mon cher docteur.

— Si vous le voulez bien, commandant, je resterai. J'ai là une quantité d'instruments nécessaires à mes observations, et la chute d'un ou deux tonneaux sur une caisse de cornues serait désastreuse,... pas pour les tonneaux.

— Soit, à tout à l'heure, » répondit Georges.

Il se mit à gravir l'échelle de fer, et déjà il allait saisir la corde qui pendait de l'écoutille, lorsque tout à coup un choc formidable secoua le *Sirius*, le fit tressaillir jusqu'au fond de sa membrure, précipita du haut des degrés le commandant, et jeta à terre le docteur. En même temps la pile de barils s'écroulait; l'un d'eux atteignait le docteur à la tête et l'étourdissait du choc, tandis que Georges, sans connaissance, gisait à côté de lui. Jean Halgouët, qui, grâce à son agilité de singe, avait pu se jeter de côté et sortait indemne de l'aventure, se précipita sur l'escalier, monta les premiers échelons, et cria de toutes ses forces :

« A l'aide! le commandant est blessé. »

Puis il revint immédiatement auprès des deux officiers, les dégagea des débris qui les recouvraient, prit à bras-le-corps son commandant, et gravit avec son fardeau les marches de l'échelle. En arrivant à l'écoutille, ouverte une minute auparavant, il se heurta la tête.

« Eh! Quoségo! s'écria-t-il. En voilà une mauvaise plaisanterie! Eh! là-bas, mille tonnerres, ouvrez donc ça! »

Et, tout en criant de toute la force de ses poumons, il soutenait d'un seul bras l'officier évanoui, et de sa main libre frappait à coups de poings la porte hermétiquement close de l'écoutille. Personne ne venait. Il percevait du dehors un vacarme lointain, assourdi par la distance et par les cloisons, qui n'était pas sans l'inquiéter.

« Mille diables! se dit-il, le navire doit avoir touché. »

Comme il ne pouvait rester ainsi au haut de l'échelle, avec M. de Malher sous le bras, à attendre du secours, et comme malgré sa vigueur il commençait à se fatiguer, il redescendit, avec l'intention de reposer le commandant sur le sol, et de revenir forcer la porte. Il étendit Georges à terre, la tête appuyée sur une bâche prestement roulée, et se disposa à grimper.

Mais à ce moment le navire oscilla, le plancher de la cale perdit son horizontalité, se rapprocha de plus en plus de la verticale. Les barils roulèrent effroyablement les uns par-dessus les autres, heureusement en arrière des deux hommes évanouis. Et Halgouët, cramponné par les jarrets, comme un acrobate, au conduit de fer d'une pompe, maintenant de chaque main un des deux corps, pour les empêcher de glisser sur le sol à présent presque droit, s'écria, avec un accent où s'éteignait sa naturelle bravoure :

« Mais nous coulons! nous coulons! »

« Mais nous coulons! nous coulons! »

IV

Voici ce qui s'était passé :

A bord de l'*Investigator*, sir Owen, nous l'avons vu, s'était attaché à régler son allure sur celle du *Sirius*, et il y avait réussi grâce à la brise de nord-ouest. Mais ce n'avait pas été sans peine. L'allure qui convenait le mieux à son yacht était celle du grand largue, et pendant un certain temps il avait dû naviguer vent arrière, ce qui lui faisait perdre de sa vitesse, une partie de sa voilure se trouvant masquée par l'autre. Mais notre Anglais n'était pas homme à s'incliner devant les obstacles même naturels. Il allait à Beyrouth, guidé par deux mobiles, en apparence contradictoires, mais qu'il conciliait très logiquement : le premier, c'est qu'il désirait ne pas se séparer de son neveu; le second, c'est qu'il ne voulait pas qu'un Français, fût-il son neveu, eût tout seul le mérite, au détriment de l'Angleterre, de venir se jeter dans un danger. Ces deux excellentes raisons étaient passées chez lui à l'état d'idée fixe, et, pour qui eût scruté au plus profond de sa conscience, il n'est pas certain que l'ordre que nous leur avons indiqué n'ait pas été interverti.

Dans ces conditions, il tenait essentiellement à arriver à Beyrouth non pas avant ou après, mais en même temps que le *Sirius*.

Or sir Owen était le maître absolu à son bord. Il n'était pas seulement, en effet, le riche propriétaire de l'*Investigator*, mais encore son capitaine. Quand il avait eu l'idée de consacrer sa grande fortune aux différentes études qu'offrent les océans, et quand il avait, dans cette intention, frété son premier yacht, il avait pris à sa solde un capitaine. Puis il s'était aperçu que la présence, entre son équipage et lui, de cet intermédiaire le gênait singulièrement dans l'indépendance de son caractère. Alors il s'était mis au travail, et comme il possédait déjà une instruction scientifique supérieure, comme ces notions très complètes étaient étayées chez lui par une expérience de quatre ans de navigation, il avait passé les examens nécessaires pour pouvoir prendre lui-même la direction de son navire. A bord de l'*Investigator*, il était donc bien le « maître après Dieu », et n'avait de comptes à rendre de ses actes qu'à sa conscience.

En vertu de ce pouvoir, comme le *Sirius* le distançait pendant la première partie de son parcours, il fit surchauffer les foyers, et comme, malgré tout, malgré les bonnettes jusqu'au perroquet et au cacatoës, malgré toutes ses voiles d'étai, malgré un immense spinnaker jeté entre le grand mât et le mât d'artimon, il perdait encore du terrain, il fit, confiant dans la force de ses chaudières, charger les soupapes. Sous l'influence de la vapeur surchauffée et de la pression intense, le yacht vibrait comme un violon. Le second, un vieux capitaine au long cours, répondant au nom de Chantecleer, qui n'avait pas froid aux yeux pourtant, en était effrayé, et dissimulait à peine son inquiétude sous son masque barbu et revêche de marin britannique. Grâce à cette téméraire opiniâtreté, le navire de sir Owen arriva à se maintenir à peu près à la hauteur du *Sirius*. Mais il n'aurait pu continuer à naviguer longtemps dans de telles conditions, et les mécaniciens prévoyaient le moment où les chaudières feraient explosion, lorsque heureusement, pour contourner les îles de l'Archipel, on dut changer d'orientation. Sous l'allure du grand largue, l'*Investigator* put ajouter toute sa puissance de fin voilier à la force de sa machine, et les « engineers », enfin rassurés, déchargeaient les soupapes.

Il y avait environ une heure que le yacht suivait sans effort le *Sirius*, lorsque soudain le vent sauta à l'ouest. En même temps un nuage bas, que l'on avait depuis un moment à tribord, tomba tout à fait sur la mer. On le vit s'abaisser lentement, raser la crête des lames, s'étendre, et noyer dans un brouillard les deux ou trois balancelles de pêche qui, sous leurs voiles triangulaires, traînaient leurs chaluts près du littoral des îles. En très peu de temps la brume envahit l'*Investigator*, puis masqua le *Sirius*, qui n'apparut bientôt plus, sous la buée épaisse, que comme une silhouette à peine estompée, et finit par disparaître. Par un effet curieux, provenant de la raréfaction des gouttelettes d'eau à une certaine hauteur, on apercevait distinctement, bien plus loin que le *Sirius*, le sommet du cône d'une petite île volcanique, l'île de Syrtos, qui d'après les traditions locales a subi, il y a des milliers d'années, un sort analogue à celui que le sol sous-marin toujours tourmenté de l'Archipel a réservé de nos jours à l'île de Santorin.

Sir Owen prit immédiatement les mêmes précautions qu'avait indiquées de son côté Georges de Malher. Il commença par faire chanter la sirène et sonner la cloche. En même temps il ralentit sa marche, alluma ses feux de position, dont l'éclat pouvait percer la brume, posta un homme sur le bout-dehors de beaupré, et ordonna de mettre le yacht à sec de toile.

D'autre part, il avisa que la barre, placée sur la passerelle, était tenue par un novice, et il demanda, pour prendre la place de celui-ci, un matelot expérimenté. Le remplaçant qui se présenta était Thomas Tingle, le vieil ennemi des Français en général, et de Jean Halgouët en particulier. Tingle, en homme sûr de lui, s'établit carrément sur ses deux larges pieds, et saisit dans ses mains solides les poignées de la roue.

« Faites bien attention, dit sir Owen à Tingle, le *Sirius* était tout à l'heure à deux cent cinquante yards par bâbord de l'*Investigator,* et un peu en avant. Je sais que vous n'aimez pas les Français, mais ce n'est pas une raison pour les aborder. Vous êtes bon marin. Veillez, et portez la barre d'un quart vers l'ouest, où nous n'avons pas de terre. Nous regagnerons après le temps perdu.

— Soyez tranquille, Votre Honneur, répondit Thomas Tingle, sans que sa physionomie indiquât autre chose qu'une obéissance passive. Soyez tranquille, on veillera. »

A cet instant on entendit distinctement, par bâbord, la sirène et la cloche du *Sirius*, qui semblaient se rapprocher. Sir Owen donnait en ce moment son attention au serrage de la voilure, qui, bien qu'effectué par des matelots exercés, demandait un certain temps, si bien que, sous l'impulsion de la toile, l'*Investigator* continuait à marcher à une grande vitesse.

« Le *Sirius* vient vers nous, dit Tingle.

— Un quart de plus sur tribord, » répondit sir Owen.

Le matelot tourna vigoureusement sa roue; puis, dès que le capitaine eut le dos tourné, il la ramena lentement vers bâbord. Le son de la cloche et de la sirène du *Sirius* s'élevait de plus en plus et se confondait avec les hurlements de la sirène et avec les appels répétés de la cloche de l'*Investigator*.

« Mais, s'écria sir Owen, ils viennent sur nous. Ils vont nous aborder! La barre à tribord, toute! »

De nouveau le matelot tourna sa barre. Mais il la mit tout entière à bâbord.

« Misérable! s'écria sir Owen, assassin! »

Il sauta sur Tingle, l'arracha de la barre, et le jeta des marches de la passerelle. Il saisit les poignées de la roue, et en même temps, appliquant sa bouche à l'orifice du porte-voix, il cria à la machine, il hurla plutôt :

« Machine en arrière! »

Mais il était trop tard. Une ombre grandissante était apparue à l'avant du yacht, et malgré l'énergique coup de barre du capitaine, malgré l'intervention désespérée du mécanicien, l'étrave aiguë et tranchante de l'*Investigator* vint entrer comme un coin dans les flancs du *Sirius*.

Le choc fut terrible. Deux matelots, penchés sur les marche-pieds du grand hunier, furent précipités à la mer. Le second, qui veillait à la manœuvre des voiles, se précipita sur la passe-relle.

« On nous a abordés! s'écria-t-il.

— Non, répondit sir Owen, c'est nous qui avons abordé. Faites mettre immédiatement aux fers le matelot Thomas Tingle, et avisons. »

Désespéré du terrible accident que venait de causer l'*Investigator*, plein de rage contre le malfaiteur qui en était la cause, sir Owen garda néanmoins tout son sang-froid. Sur son ordre, Chantecleer prit sa place sur la passerelle, et tout l'équipage, abandonnant la voilure à demi carguée, dont quel-ques voiles capayaient à la brise, s'occupa à mettre les embar-cations à la mer. En même temps, sous l'influence de son hélice tournant en sens inverse, le yacht se dé-gageait du *Sirius* et reculait de quelques brasses.

Sir Owen sauta sur Tingle, et le jeta des marches de la passerelle.

Debout sur le mât de beau-pré, cramponné à la drisse du petit foc, sir Owen put voir dans le flanc du *Sirius*, à cinq mètres de l'avant, l'énorme déchirure verticale, large de deux mètres, et prolongée jusqu'au plat bord, qu'avait faite l'étrave de l'*Investigator*. En quelques instants, l'avant du navire abordé plongea sous l'eau, et l'effet de l'immersion de la partie antérieure du bâtiment, déplaçant le centre de gravité, le fit tourner autour

3

de son axe transversal, si bien que, très rapidement, le *Sirius* se trouva dans une position presque verticale, l'arrière sortant tout entier de l'eau. En même temps, la mer envahissait les machines et éteignait les feux. Un effrayant dégagement de vapeur fusait, avec un bruit assourdissant, par toutes les ouvertures. On n'avait pas même eu le temps, sur le *Sirius,* tant la catastrophe avait été prompte, de mettre les embarcations à la mer. La confusion était complète. En vain l'enseigne de quart, cramponné aux mains-courantes de la passerelle et animé de cet admirable sentiment du devoir si profondément ancré au cœur de nos officiers de vaisseau, s'égosillait, sans souci de son danger personnel, à crier des ordres pour organiser le sauvetage; la panique régnait. Les uns s'efforçaient de larguer les grelins des portemanteaux, et devant l'impossibilité matérielle de mettre un canot à la mer, laissaient pendre, le nez dans la lame, les chaloupes croupées à leurs palans, pour remonter vers l'arrière en se cramponnant aux manœuvres et aux bastingages. Les autres, de leur propre initiative, et pensant que le navire n'était pas irrémédiablement perdu, fermaient rapidement les verrous des cloisons étanches. Et c'est par suite de cette terrible inspiration que Georges de Malher, le docteur Sergeant et le matelot Halgouët avaient été emprisonnés dans le compartiment où ils se trouvaient, la plupart des hommes ignorant qu'ils visitaient à ce moment les soutes.

L'officier de quart le savait, lui. Il dépêcha immédiatement, au milieu du désarroi général, un aspirant, — le même qui était allé cinq minutes auparavant prévenir le commandant que la brume s'élevait. Le jeune officier, atterré, se précipita vers l'écoutille du pont. Au milieu des allées et venues affolées, il dut se frayer un passage. Puis, le navire oscillant, il perdit l'équilibre, tomba contre un cabestan, se releva, et parvint enfin à l'ouverture qui donnait sur l'entrepont. Déjà il apercevait la double porte en fer du compartiment inférieur. Déjà il entendait les coups redoublés qu'Halgouët frappait dans l'intérieur de la prison. Mais il avait malgré lui perdu du temps, et la mer était à un mètre de l'écoutille. Le brave jeune homme n'hésita pas. Il se laissa glisser le long de l'échelle. Il mit la main sur le verrou. Il allait l'ouvrir. A ce moment le navire se dressa, et l'eau, en trombe formidable, s'engouffra par l'ouverture du pont...

L'aspirant était mort victime du devoir et du dévouement.

Le *Sirius* continuait à s'enfoncer avec une lenteur relative. Mais les embarcations de l'*Investigator* étaient à portée; la mer se couvrait de bouées de sauvetage, et sir Owen faisait jeter à l'eau tout ce qui pouvait soutenir un homme. En même temps, par un hasard providentiel, le nuage de brume dont la courte présence avait suffi pour détruire un beau navire et compromettre tant d'existences se dissipait peu à peu, et l'on pouvait mesurer l'étendue du sinistre et s'efforcer de le restreindre. L'équipage du *Sirius* s'était groupé à l'arrière et, voyant venir les secours, avait repris du sang-froid. Les embarcations de l'*Investigator* s'approchaient. L'enseigne, se rongeant les poings à l'idée que son commandant était mort, décidé à mourir lui aussi sur sa passerelle, que la houle commençait à atteindre, se tenait à l'habitacle et donnait encore des ordres.

« Laissez pendre des câbles, coulez-vous à l'eau, et prenez les bouées et les cages à poules! On vous recueillera! » criait-t-il.

Les hommes dégringolaient par grappes, et trouvaient bientôt asile dans les chaloupes de l'*Investigator*, qui courageusement s'avançaient jusque sous la poupe menaçante du *Sirius*, au risque d'être écrasées s'il se déplaçait encore, ou de s'engloutir dans les remous de son immersion. La plupart des matelots ne songeaient qu'à leur propre salut; mais quelques-uns pensaient à l'officier héroïque qui, cramponné à son poste, s'occupait encore de les sauver en attendant fermement la mort. Un quartier-maître et un matelot, qui restaient les derniers, lui crièrent :

« Venez! venez! tout le monde est sauf. Nous vous attendons!

— Non! » répondit l'officier.

Et de son doigt tendu il indiqua l'avant du navire où son commandant, deux officiers et un marin avaient trouvé la mort.

Alors le quartier-maître et le matelot lâchèrent, sans s'être concertés autrement que d'un coup d'œil, le cordage qu'ils tenaient déjà. Ils se laissèrent glisser jusqu'à la passerelle à demi noyée, saisirent l'officier à bras-le-corps, se jetèrent à l'eau avec lui, et le soutinrent de force jusqu'à la chaloupe de l'*Investigator*, qui les recueillit tous les trois. Il était temps : le *Sirius* s'enfonça brusquement; sa place fut marquée un instant par un remous passager. Puis la mer redevint tranquillement houleuse, et, sans les mille débris qui la couvraient, rien n'eût indiqué la place où gisait le navire qui servait de tombeau à quatre braves.

Sir Owen prodigua aux naufragés les soins les plus empressés. Quand les hommes furent séchés et réconfortés par des cordiaux, le seul officier survivant de la catastrophe, l'enseigne, fit l'appel. Grâce à l'exiguïté du *Sirius*, tout le monde avait pu se sauver : seuls quatre noms manquaient : le lieutenant de vaisseau Georges de Malher, le médecin Lucien Sergeant, l'aspirant Remi, et le matelot Halgouët. Une heure après, on retrouva le corps de l'aspirant. Quant aux trois autres, on savait qu'ils avaient été surpris dans les soutes; on ne pourrait donc jamais retrouver leurs corps avant le jour où l'on renflouerait le *Sirius*,... si l'on pouvait le renflouer.

Sir Owen resta toute la journée sur les lieux du naufrage. Il releva la situation exacte de l'endroit où avait coulé le malheureux navire. On était par 36° 12' 5" de atitude nord, et par 24º 0' 7" de longitude est, à environ un mille de la petite île volcanique de Syrtos. Ces résultats obtenus, le commandant de l'*Investigator* fit immédiatement route pour le Pirée, afin de remettre les naufragés à l'amiral de la Rénolière, de lui apprendre la fatale nouvelle, et de s'offrir aux responsabilités qui pourraient peser sur lui.

Lorsqu'il eut veillé à tout, quand il eut vu disparaître, derrière le sillage de l'*Investigator*, la place unie et vague où il lui semblait voir distinctement une tombe, le lieu où reposait, dans l'éternel linceul du marin, un parent ravi à son affection et deux braves inconnus dignes de ses respects, il remit le commandement à Chantecleer, et rentra dans sa cabine.

Là ses yeux tombèrent sur le pavillon britannique, drapé à la tête de sa couchette. Il l'arracha et le jeta à terre, comme pour n'y pas voir la tache qu'y avait imprimée un misérable; puis, s'asseyant à sa table de travail, il écrivit sur son journal de bord la relation de cette terrible journée.

Et pendant qu'il écrivait le récit sobre et fidèle, rédigé en termes techniques et secs, de grosses larmes tombaient de ses yeux sur l'épais vélin du livre.

V

Après que Jean Halgouët eut acquis la terrible certitude que le navire coulait, il eut un instant d'éblouissement et fut quelques secondes avant de reprendre possession de lui-même. Nous savons qu'il était à ce moment dans une périlleuse situation : la chambre de fer dans laquelle il se trouvait s'était, par suite du mouvement du *Sirius*, renversée sur une de ses faces, si bien que le plancher normal formait maintenant une paroi presque verticale. Naturellement, cette évolution avait provoqué un déplacement de tous les objets emmagasinés dans le compartiment, et notamment des barils, qui avaient glissé pour s'amonceler contre la cloison de l'avant, actuellement à peu près horizontale. Ainsi que nous l'avons dit, le Breton s'était instinctivement cramponné par les jarrets à la colonne que formait un conduit de pompe, et de ses deux bras vigoureux il soutenait, par les vêtements empoignés à pleines mains, ses deux compagnons sans connaissance.

Bien que moralement assommé par la révélation brutale de la mort imminente et inévitable, il se rendit compte de ce qui se passait, et eut très nettement conscience du mouvement du *Sirius* s'enfonçant sous les eaux. La descente était excessivement rapide, accélérée encore par l'envahissement des compartiments de l'arrière, qui, mal clos ou oubliés, s'étaient remplis d'eau. La sensation de descente, de « fonçure », qu'il éprouvait, dura un temps relativement court, mais dont l'étendue s'augmenta naturellement pour le malheureux de la poignante angoisse qu'il éprouvait. A chaque instant, en effet, il s'attendait à voir un panneau céder, et l'eau venir achever son œuvre. Tout à coup la coque du *Sirius* éprouva un choc assez léger, puis Halgouët perçut distinctement sur les parois un grincement particulier, une sorte de bruissement assez doux. Après quoi le navire s'arrêta, immobile, toujours dans la même position verticale. On avait touché le fond, et le matelot pensa que l'avant avait dû s'engager dans une anfractuosité des roches sous-marines.

Le moindre sursis, devant la certitude de la mort, est si bien accueilli par l'âme humaine, qu'il ouvre immédiatement la porte aux plus invraisemblables espérances. Halgouët, se retrouvant vivant et voyant que l'eau respectait l'étrange cloche à plongeurs dans laquelle il était enfermé, se reprit à croire au salut et retrouva toute son énergie. Avec des précautions infinies, il laissa glisser les deux officiers jusqu'à l'entassement des barils, puis s'y affala lui-même. Après quoi il fouilla dans les poches du docteur, espérant y trouver quelque cordial. Bien que son fanal fût éteint, il rencontra bientôt sous sa main un écrin de cuir, l'ouvrit, et y reconnut en tâtonnant une rangée de petits flacons. Il les flaira l'un après l'autre, et sentit que l'un d'eux contenait de l'alcali. Il passa immédiatement le flacon sous le nez du docteur. L'effet fut immédiat. Sergeant, qui avait été étourdi seulement, revint à lui sous l'influence du picotement provoqué dans les muqueuses nasales par l'âcre et volatil liquide.

« Qu'est-ce qui s'est passé, dit-il, et pourquoi sommes-nous dans l'obscurité?

— Ma foi, monsieur le docteur, êtes-vous bien remis, bien maître de vous?

— Parfaitement.

— Eh bien, voilà, en deux mots. Le *Sirius* a coulé, et nous sommes emprisonnés au fond de la mer, dans un de ses compartiments étanches.

— C'est-à-dire que nous n'échappons provisoirement à la noyade que pour succomber à l'asphyxie.

— Probablement.

— Sûrement, mon ami, sûrement.

— Dame, on ne sait jamais, dit Halgouët, qui avait l'espoir tenace.

— Et le commandant?

— Il est à côté de nous, et s'est évanoui par suite de la chute qu'il a faite dans l'escalier.

— Allons, dit le docteur, il était décidément écrit que je ne verrais pas d'épidémie cholériforme!

— Où sommes-nous donc? dit à ce moment, dans l'obscurité, la voix de Georges de Malher.

— Dans une fichue situation, commandant, » répondit Halgouët.

Et en deux mots il lui répéta ce qu'il venait de dire au médecin.

« Alors, répondit le commandant, c'est la mort certaine dans quelques minutes?...

— A première vue, notre compartiment cube environ cent trente mètres cubes d'un air qui n'était déjà pas bon. Nous en avons peut-être pour une demi-heure, en admettant que d'ici là nous ne soyons pas inondés et par conséquent noyés.

— Eh bien, mon cher docteur, dit Georges de Malher, comme tout secours humain est matériellement impossible, je ne vois pas la nécessité d'endurer un tel martyre, et si vous avez sur vous quelque chose qui permette de l'abréger, je crois que nous n'avons plus qu'à adresser à ceux qui nous sont chers une suprême pensée, à nous serrer la main et à en finir de suite.

— Eh bien, non, répondit le docteur, qui était redevenu maître de lui. Si Dieu nous a préservés jusqu'ici, pourquoi ne nous protégerait-il pas encore? Il nous a sauvés, c'est donc qu'il n'entre pas dans ses divins projets de nous laisser périr. C'est invraisemblable et absurde, je le reconnais; mais c'est mon idée.

— C'est la mienne aussi, répondit Halgouët, qui, dans sa robuste piété de Breton, admettait très bien que le Ciel fît un miracle en sa faveur.

— Et puis, mon cher ami, le suicide n'est pas une solution. Il est indigne d'un chrétien, d'un soldat, et de braves gens comme nous ne doivent même pas y penser. En outre, la mort par asphyxie n'est pas aussi pénible que vous le pensez. Elle est moins douloureuse que le poison que je pourrais avoir à ma disposition. Dans ces conditions, aidons-nous. J'ai idée que le Ciel nous aidera peut-être,... et s'il en décide autrement, eh bien, nous aurons fait notre devoir jusqu'au bout. Et ce n'est pas une raison parce qu'on est au fond de la mer et qu'on n'a personne qui vous regarde pour ne pas faire son devoir. »

Ces paroles avaient été dites d'un ton grave, mais sans tristesse; on y reconnaissait l'homme qui, ayant l'habitude journalière de batailler avec la mort, n'en a pas peur et sait la regarder en face. Telle est l'influence de la force d'âme, que les deux compagnons du docteur se sentirent renaître à l'énergie, et qu'ils eurent comme une vague impression que le dernier mot n'était pas dit.

« Et maintenant, reprit le médecin, à l'œuvre. Commençons par faire de la lumière. Nous allons sacrifier ainsi un peu de notre précieux oxygène; mais il est indispensable d'y voir clair. »

Halgouët tira de sa poche des allumettes et en enflamma une. On put retrouver le fanal, intact grâce aux grillages qui protégeaient son verre sphérique. On le ralluma, et l'on mit sa mèche aussi bas que possible, juste ce qu'il fallait pour répandre une faible lueur sans consommer trop d'oxygène. Tout cela avait pris un certain temps, et l'atmosphère commençait à devenir lourde.

Dès que la lanterne fut allumée, le docteur la prit et commença ses recherches.

« Voyons, dit-il, nous sommes bien dans le troisième compartiment du côté de l'avant, n'est-ce pas?

— Oui, docteur.

— Alors nous devons trouver de quoi prolonger déjà notre existence dans une certaine mesure. J'ai fait emmagasiner ici deux grandes caisses qui contiennent des cylindres de tôle d'acier renfermant de l'oxygène comprimé à huit atmosphères. Vous savez que les inhalations d'oxygène sont aujourd'hui d'un emploi courant en médecine. Il s'agit de retrouver ces caisses. »

La recherche fut pénible. Toutes les marchandises embarquées dans le compartiment s'étaient écroulées les unes sur les autres dans un pêle-mêle effroyable. On ne distinguait aucune trace des caisses. Il fallut déplacer les tonneaux. Georges de Malher, encore sous le coup de la fatigue résultant de l'évanouissement causé par sa chute, ne pouvait déployer sa force. Et puis l'air devenait de plus en plus lourd et accablait les trois hommes. La sueur ruisselait sur leurs tempes, qui commençaient à battre, tandis qu'un cercle de fer leur étreignait la tête et que leur respiration devenait haletante et oppressée. Déjà la petite flamme du fanal baissait, lorsqu'enfin apparut, sous un empilement de sacs pleins, le bois blanc de deux caisses. On était dépourvu de tout outil; mais Quosé avait sur lui son fort couteau de matelot, et, non sans l'ébrécher, parvint à faire sauter le couvercle de l'une d'elles. Dès que le premier cylindre fut amené, le docteur en ouvrit la clef. Un léger sifflement se fit entendre. En quelques instants la flamme du fanal devint plus claire, les poitrines recommencèrent à respirer plus régulièrement, et le malaise s'atténua considérablement, sans pourtant cesser tout à fait. L'œil fixé sur le manomètre adapté au cylindre, le docteur suivait l'abaissement de la pression intérieure, pour n'épandre dans la pièce que la quantité du précieux gaz nécessaire pour l'instant. Dès que le résultat qu'il attendait fut acquis, il ferma la clef de l'appareil.

« Ça va mieux, n'est-ce pas? dit-il. Maintenant nous allons commencer par déballer les quatre cylindres que nous avons à notre disposition. J'estime que le contenu de chacun d'eux peut vivifier notre atmosphère pendant huit heures. C'est donc trente-deux heures que nous allons avoir devant nous. Il s'agit de bien les employer. Et quand je dis trente-deux heures, je suis trop large. Il faut faire la part de notre lampe.

— Mettons que nous en avons pour trente heures, dit Halgouët, et n'en parlons plus.

— C'est peu, répondit Georges.

— Certainement, fit le docteur tout en travaillant avec ses compagnons à l'extraction des cylindres. Certainement, ce serait très peu pour des gens qui, attablés au café Anglais, auraient commencé à déguster leurs huîtres avec cette idée qu'ils ont encore devant eux une trentaine d'années pour arpenter le boulevard. Mais c'est énorme pour de pauvres diables comme nous, qui, en bonne logique, devraient

Quosé, avec son fort couteau de matelot, parvint à faire sauter le couvercle de l'une des caisses.

à l'heure actuelle dormir leur dernier sommeil sous pas mal de brasses d'eau salée.

— C'est parfaitement juste, répondit Georges.

— Je me permettrai même, ajouta Halgouët, de dire que c'est tout à fait encourageant. Car en somme, il y a cinq minutes, nous ne nous doutions même pas que nous avions une trentaine d'heures devant nous.

— Ah çà! reprit le docteur, voici maintenant nos cylindres rangés. Nous allons passer à un autre ordre d'opérations. Vous n'êtes pas sans remarquer que, malgré l'oxygène, nous ne respirons pas encore avec une entière liberté.

— C'est l'acide carbonique, dit Georges.

— Précisément. Il s'agit de nous en débarrasser.

— Et comment?

— Nous avons ici un certain nombre de barils de chaux, que j'ai fait embarquer parmi les désinfectants. Nous allons étaler de la chaux, qui absorbera notre acide carbonique. »

On eut bientôt fait de défoncer un baril, et l'on répandit de la chaux partout où il pouvait en tenir. Si bien qu'au bout de quelques instants l'atmosphère était devenue parfaitement respirable. Georges de Malher proposa d'organiser immédiatement « la vie du bord », ce qui provoqua, chez ces trois hommes énergiques, le premier éclat de rire qui eût animé la sinistre prison. Le docteur et le commandant avaient chacun leur chronomètre. Halgouët y joignit un respectable oignon d'argent, gros comme une pomme d'api, « qu'il tenait de son grand-père et qui ne s'était jamais dérangé. » On remonta soigneusement les trois montres, de manière à ne pas perdre la notion du temps, et à régler, de demi-heure en demi-heure, les émissions d'oxygène.

Cette précaution prise, on commença, sur la proposition du commandant, par passer une visite minutieuse des cloisons et des parois de la prison. Il s'agissait de s'assurer si elles étaient rigoureusement étanches, et de voir si quelque défectuosité ne permettrait pas à l'improviste la brusque invasion de l'eau, obéissant à l'énorme poussée que devait lui donner la profondeur. Cet examen semblait d'autant plus nécessaire que, depuis que le calme était revenu, un léger bruissement semblait trahir une infiltration. On regarda de près tous les joints, et l'on reconnut que la résistance à l'eau était aussi parfaite que possible. Seuls, trois minces filets s'étaient fait jour sur la paroi de tribord. On en aveugla facilement deux, avec un mastic hâtivement fait de toile effilochée, de chaux éteinte et d'huile empruntée au fanal. Quant au troisième, le docteur le laissa couler dans un baril défoncé, « attendu qu'on ne pouvait se passer d'eau, même salée, vu qu'avec de l'eau salée on pouvait faire de l'eau douce. »

A ce moment, Halgouët, dit Quosé, laissa échapper un bâillement sonore et prolongé, qu'il étouffa de son mieux, « rapport à la discipline, » mais qu'il ne put dissimuler.

« Pardon, excuse, dit le Breton. Mais c'est l'estomac. Je commence à avoir faim, et comme le maître d'hôtel du commandant doit avoir pris le même chemin que le cuisinier, mon estomac s'inquiète. Après tout, il s'habituera peut-être à attendre. Il ne faut pas m'en vouloir pour ça.

— Il est certain, répondit Georges, que c'est là un nouveau côté du problème.

— Nous le résoudrons très probablement, observa le docteur. Mais je voudrais bien vous voir, mon cher commandant, un peu plus remonté.

— Que voulez-vous, mon brave docteur! je pense malgré moi, même au milieu des angoisses de l'heure présente, à tout mon brave équipage qui a sans doute péri! Et puis je songe aux miens!

— Pour les vôtres, mon ami, la meilleure manière d'y penser, c'est de vous efforcer de vous conserver à eux.

— Vous avez raison.

— Et quant à l'équipage, il était en meilleure situation que nous. Et puisque jusqu'ici nous nous en sommes tirés, il n'y a pas de raison pour s'apitoyer, jusqu'à nouvel ordre, sur des gaillards qui sont peut-être, à l'heure qu'il est, en train de se réconforter à bord de l'*Investigator*.

— Au fait, dit Halgouët, pourquoi diable sommes-nous au fond de l'eau? Qu'est-ce qui a pu se passer?...

— Nous approfondirons cela plus tard, interrompit le docteur. Pour le moment, avisons aux vivres. D'autant plus que, en nous en occupant, nous pourrons peut-être trouver le moyen de prolonger notre existence, et qui sait?... de nous sauver tout à fait.

— Si monsieur le docteur continue à avoir des idées, dit Halgouët, je commencerai à reprendre espoir pour de bon.

— Eh bien! j'ai quelques idées. Seulement, voilà, je n'ai pas d'outils.

— Des outils?

— Oui. Mais enfin, nous verrons cela tout à l'heure. Tenez, commandant, voulez-vous monter sur les épaules de Halgouët et prendre cette petite barre de fer? »

Georges exécuta ces instructions.

« Là, très bien. Voulez-vous maintenant, avec cette petite barre de fer, frapper la paroi que vous avez au-dessus de votre tête? Cette paroi était jusqu'ici la cloison qui nous séparait de la cambuse. Notre naufrage, en faisant basculer le *Sirius*, l'a élevée à la dignité de plafond. La cambuse est-elle, oui ou non, inondée? C'est ce qu'il s'agit de savoir. »

Après un certain nombre de coups frappés sur différentes parties de la surface, on conclut que le quatrième compartiment, contenant la cambuse, c'est-à-dire les vivres, n'avait pas dû être envahi par l'eau. Il s'agissait de s'en assurer d'une façon certaine en tentant une expérience décisive. Pour cela il fallait percer un trou, si mince fût-il, dans la paroi de fer. Mais, comme le docteur l'avait dit, on ne possédait aucun outil pour procéder à cette opération. Les trois hommes se creusèrent la tête. Aucun ne trouvait la solution.

« Ma foi, dit Quosé, après avoir frappé de coups de poings répétés sa tête dure de Breton, je ne vois aucun moyen de percer un trou là dedans.

— Eh, mon ami, répondit Sergeant, connaissez-vous l'histoire moderne?

— Assez mal, monsieur le docteur. Mais je n'ignore rien des voyages d'Ulysse, qui, si j'ai bonne mémoire, navigua dans les parages où nous sommes, à la recherche de son île d'Ithaque. Si ça peut vous servir...

— Pas pour le moment. Rappelez-vous seulement que Bonaparte, manquant de tout, était séparé des plaines de la Lombardie par des montagnes autrement terribles que ce mince rideau de tôle d'acier, et qu'il trouva le moyen de franchir ces effrayants obstacles pour aller chercher, de l'autre côté des Alpes, de quoi nourrir et habiller ses troupes. Eh bien, notre besogne est plus facile. Nous n'avons qu'à percer deux centimètres de fer, et comme nous ne mangerons qu'à ce prix-là, c'est bien le diable si nous n'y arrivons pas.

— Un instant, s'écria Georges. J'ai comme une idée que pendant l'arrimage on a dû descendre ici une caisse d'outils.

— Êtes-vous sûr? demandea Sergeant.

— A peu près. Je vois encore la caisse : une grande boîte oblongue, en chêne, sur laquelle la fantaisie du maître charpentier à qui elle appartenait avait peint deux drapeaux tricolores croisés.

— Alors, cherchons! »

De nouveau on remua les amoncellements de sacs, de barils, de caisses, et après un quart d'heure on mit la main sur le précieux colis. A l'aide de la barre de fer, on en fit prestement et sans cérémonie sauter le couvercle. Mais alors une immense déception succéda à l'espérance. Le coffre n'était pas celui du charpentier : c'était celui du maître d'armes. Il contenait des plastrons, des masques d'escrime, tout un assortiment de gants à crispin, de la ficelle goudronnée pour refaire les boutons, du fil de fer pour réparer les masques, une douzaine de paires de fleurets de différents numéros, et deux paires d'épées de salle. Toutefois, en le vidant complètement, on trouva quelques outils nécessaires à la réparation des fleurets cassés : un marteau, un petit étau, des morceaux de zinc pour faire des sutures, deux ou trois limes pour adoucir ces bandages métalliques, quelques bâtons d'étain à soudure, et une lampe à souder.

« Tout cela ne peut pas nous servir à grand'chose, dit mélancoliquement Georges de Malher quand on eut fait l'inventaire de la caisse.

— Voyez, mon cher ami, comme vous êtes prompt à vous décourager. Nous avons là, au contraire, tout ce qu'il nous faut pour notre expérience.

— Ma foi, monsieur le docteur, dit Halgouët, c'est plaisir de vous entendre; mais j'avoue que, moi, je dis comme le commandant.

— Eh bien, mes chers amis, nous avons là des fleurets d'acier. Nous en cassons un, nous l'aiguisons avec les limes, nous le chauffons à la lampe de soudeur, et nous le trempons dans l'eau de mer que nous avons à notre disposition. Voilà le stylet nécessaire pour creuser le trou.

— C'est vrai; mais pour actionner un tel stylet de manière à lui donner la vitesse de rotation et la force de pénétration qu'il lui faut pour percer deux centimètres de tôle?

— Nous prenons un autre fleuret que nous plions en arc, en lui donnant pour corde le fil de fer que nous possédons. Nous enroulons, dans la corde ainsi faite, le stylet, et par un va-et-vient de cet archet, à la mode des tourneurs arabes, je me fais fort de percer un trou dans la paroi de la cambuse en moins de vingt minutes. »

Les deux pessimistes durent s'incliner. Le programme fut suivi de point en point, et au bout d'une demi-heure à peine le trou était percé. Pas une goutte d'eau ne s'écoula par la mince ouverture.

« Mes chers amis, s'écria Sergeant, la cambuse est intacte. Voilà comment, ajouta-t-il philosophiquement, les armes brutales peuvent rendre des services à la science.

— *Cedant arma togæ!* s'écria Quosé, devenu lyrique d'enthousiasme. Seulement,... observa-t-il en revenant à la réalité, seulement... ce n'est pas par ce petit trou que nous pourrons amener à nous une seule des boîtes de conserve de la cambuse. »

C'est Georges de Malher qui répondit. Devant ces résultats, devant l'ingéniosité sans cesse en éveil du docteur, il se reprenait à la vie. Il était saisi à son tour par le feu de la lutte, par le délire de cet admirable combat contre l'impossible, si bravement accepté par l'homme de science qui partageait les mêmes effroyables dangers. Et il s'écria :

« Mais le reste n'est qu'un jeu. Nous avons une barre de fer et un marteau. Puisqu'il n'y a pas d'eau dans la cambuse, nous y trouverons des vivres. »

Il choisit un des joints, lima une entaille, y engagea son levier, et frappa à coups redoublés sur la tête de la barre de fer. Juché sur des barils entassés, Halgouët l'aidait et en cas de fatigue prenait le marteau à sa place. Sous ces efforts réunis, la feuille de fer céda, et quelques vigoureuses pesées sur la barre ouvrirent un passage suffisant pour une personne.

Alors les deux travailleurs virent le docteur, qui, pendant leur entêté labeur, ouvrait tout grand un des robinets d'oxygène, et remuait la chaux répandue de côté et d'autre.

« Que faites-vous donc, mon cher ami? s'écria Georges.

— Je vous aide, répondit le docteur, en vous donnant des forces.

— Mais vous gaspillez notre précieuse réserve d'oxygène.

— Ne vous inquiétez pas. Allez seulement nous chercher à manger et à boire. »

Puis il ajouta, le visage soudain éclairé, en pirouettant sur lui-même et en faisant claquer ses doigts :

« Que la mer nous fiche seulement la paix!... De l'oxygène! j'en ai plein les mains, si j'ose m'exprimer ainsi. Oui, j'en ai de l'oxygène... Et puis quelque chose avec. Mes amis, petits bonshommes vivent encore! »

VI

Avec son agilité d'acrobate, Quosé, le premier, s'affala dans la cambuse. De là il tendit la main à Georges, qui s'y hissa après lui. Le docteur, monté sur les empilements de tonneaux, leur passa le fanal.

Naturellement le plus grand désordre régnait dans l'étroit espace. La cambuse, en effet, ne tenait qu'une partie du compartiment, dont le surplus était occupé par des soutes à charbon; mais, en raison de son exiguïté même, les vivres y étaient emmagasinés comme dans une malle; les boîtes de conserves, les caisses de biscuits, les barriques de vin et les dames-jeanne d'alcool avaient été pressées les unes contre les autres par le cambusier de façon à utiliser tout l'espace, si bien que le désordre était plus apparent que réel.

Les deux explorateurs firent passer au docteur tout ce qu'ils eurent sous la main : plusieurs caisses de biscuits, un grand nombre de boîtes de bœuf salé, de langues de porcs, de sardines à l'huile, de légumes secs, puis deux dames-jeanne d'eau-de-vie, et enfin, à défaut de barriques de vin qui n'auraient pu passer par l'ouverture, une cinquantaine de bouteilles de vins fins, qui faisait partie de la réserve de l'état-major.

« Si nous devons rester ici, fit remarquer Quosé, nous embellirons au moins nos derniers jours par la dégustation de quelques crus fameux et de quelques bouteilles de champagne, qui certainement n'avaient pas été destinées à être bues au fond de la mer. C'est une petite satisfaction, direz-vous; mais ça ne manque pas d'originalité. Ce qui est ennuyeux, c'est de n'être pas sûr de pouvoir le raconter.

— Dites donc, cria le docteur d'en bas, tâchez donc de me trouver de l'huile.

— De l'huile? voilà! boum! s'écria Quosé, j'en trouve justement un joli baril :

Union des propriétaires de Menton; huile vierge. C'est écrit dessus. Vous faut-il autre chose?

— Non; nous en avons pour quelque temps.

— Alors, commandant, si vous voulez bien redescendre, vous m'aiderez à affaler le baril d'huile. »

Georges se laissa retomber dans le compartiment inférieur. Halgouët, après avoir passé le baril, s'apprêtait à en faire autant, lorsqu'il sentit quelques gouttes d'eau lui tomber sur la tête :

« Tiens, dit-il, il pleut! Vous n'auriez pas un parapluie?

— Que dites-vous? fit Sergeant.

— Je dis qu'il pleut.

— Tenez, voici le marteau. Avant de nous rejoindre, tâchez donc de sonder votre plafond, c'est-à-dire la cloison qui touche à la machine.

— On y va. »

L'oreille tendue, le commandant et le docteur écoutaient les coups de marteau frappés par Halgouët.

« C'est plein d'eau, n'est-ce pas? demanda le premier.

— Tout plein, monsieur le docteur.

— Alors nous ne saurions trop prendre de précautions. Envoyez-nous tout ce qui vous tombera sous la main. »

Quosé ne se le fit pas dire deux fois. Ce fut une véritable avalanche de caisses, de boîtes et de bouteilles.

« Bien, fit le docteur. Maintenant descendez. »

Et quand le matelot eut rejoint ses deux compagnons, le docteur dit :

« A présent il s'agit de défaire ce que nous avons fait. Fermons l'ouverture de la cambuse. »

La besogne était mal aisée, d'autant plus que les travailleurs, fatigués par les émotions et par le labeur surhumain qu'ils avaient fourni dans une atmosphère épaisse, commençaient à s'épuiser. Mais Sergeant déclara qu'il y avait urgence, et ses deux compagnons, subissant de bonne grâce d'ailleurs l'ascendant de sa force morale, se mirent à l'œuvre. On but un verre de vieux cognac acheté par les officiers pour les réceptions du bord, et l'on se mit en devoir de rabattre la feuille de tôle soulevée. Pendant que Georges et Halgouët s'employaient à cette besogne, le docteur pliait au feu des fleurets, les courbait en crochets, les trempait et les leur passait, pour leur permettre d'attirer la plaque.

Ce travail prit environ une heure. Au bout de ce temps, la feuille de tôle ne laissait plus qu'un très léger intervalle entre elle-même et son encadrement. Par

Quelque chose comme une formidable cascade tombant sur le plafond de l'étroit asile se fit entendre.

4

les trous des boulons qui avaient sauté, le docteur pratiqua, avec du fil de fer tordu en toron à huit brins, ce qu'il appela pittoresquement un point de suture; puis, avec l'huile qu'on avait maintenant en abondance, il fabriqua de nouveau un mastic où entraient la chaux éteinte et des effilochures de sac, boucha hermétiquement les ouvertures, et, sous la surface qui avait été percée, étala une épaisse couche de ce ciment, sur laquelle il appliqua deux couvercles de caisses superposés, soutenus par une colonne composée de quatre barils placés l'un sur l'autre. Quand tout fut achevé, le docteur examina l'ensemble d'un air satisfait :

« Maintenant, mes amis, nous avons bien gagné notre dîner; nous pouvons nous mettre à table. Quelle heure avez-vous, commandant?

— Sept heures.

— Ma foi, notre repas a été retardé d'une heure seulement; il n'y a pas à se plaindre! Çà, Halgouët, on vous élève aux fonctions d'intendant général. Donnez-nous, je vous prie, une boîte de bœuf, du biscuit et deux bouteilles de champagne; nous ne les avons pas volées.

— C'est vrai, répliqua Halgouët, mais je trouve qu'il fait joliment lourd dans la salle à manger. Si on ouvrait un peu les fenêtres?

— Vous avez raison, » répondit le docteur. Et il ouvrit de nouveau le robinet d'un des réservoirs d'oxygène.

« Docteur, docteur, s'écria de Malher, ne gaspillons pas.

— Mais êtes-vous entêté! Puisque je vous dis que j'ai de l'oxygène plein mes poches! Prenez-moi cette tranche de bœuf que Halgouët vient de couper si artistement, et qu'il vous tend avec toute la déférence qui vous est due. Moi, je débouche le champagne. »

Tout en parlant, le docteur coupait les fils de fer qui retenaient la coiffure d'argent de la bouteille, tandis que Quosé disposait devant les convives, sur le tonneau qui servait de table, trois quarts en fer-blanc qu'il avait trouvés dans la cambuse. A ce moment le bouchon sauta avec son joyeux éclat de fête, et au même instant, tandis que les coupes grossières se tendaient vers le vin français, un bruit assourdissant se fit entendre, quelque chose comme une formidable cascade tombant sur le plafond de l'étroit asile où ces trois hommes se cramponnaient à la vie. C'était la cloison de la machine qui avait cédé, et qui laissait l'eau se précipiter dans la cambuse.

Georges et Quosé, malgré eux, reposèrent sur la barrique leurs verres de fer-blanc.

« Eh bien! Quosé, dit le docteur, c'était prévu : j'avais bien pensé que la force de la vapeur produite au moment de l'invasion de la mer avait dû éprouver fortement la cloison de la machine. C'est pourquoi j'ai voulu fermer la cambuse. L'eau est sur nos têtes, mes amis; mais elle ne passera pas. Croyez-moi, tendez vos verres, et portons une santé que l'avenir ratifiera. Messieurs, ajouta-t-il, donnant à sa voix joviale quelque chose de solennel; Messieurs, je bois au trois disparus du *Sirius!* »

Et, sous le bruit de la trombe d'eau qui s'engouffrait sur leurs têtes, ces trois braves, avec calme, vidèrent leur coupe de champagne.

Le repas, tout nécessaire qu'il fût, s'expédia rapidement. On parla naturellement peu, puisqu'on mangeait vite. Néanmoins on échangea pour la première fois quelques idées relativement à la catastrophe, et les trois prisonniers se trouvèrent d'accord pour l'attribuer à un abordage. Mais aucun d'eux ne pensait que cette collision eût pu être l'œuvre de l'*Investigator,* qui suivait une ligne parallèle à celle du *Sirius.* Si Halgouët avait su que Thomas Tingle se trouvait à la barre au moment du sinistre, il eût pu sans doute expliquer la chose autrement que par un malheureux hasard; mais il l'ignorait.

Quant à la fermeture de l'écoutille, qui les avait ainsi emmurés, elle ne les étonnait pas, et ils trouvèrent tous trois la vraie raison de cette terrible manœuvre :

« Immédiatement après la collision, tous les matelots qui se trouvaient à portée, dit Georges, ont dû avoir pour premier mouvement de clore les cloisons étanches pour retarder ou arrêter l'immersion du navire. Notre compartiment a été fermé par quelque homme de l'équipage qui ignorait notre présence dans les soutes. Au reste, ajouta-t-il, tout cela n'a maintenant qu'un intérêt platonique; il ne s'agit pas de savoir comment nous sommes ici, mais bien d'en sortir.

— A la bonne heure, répliqua le docteur, j'aime à vous entendre parler ainsi. Nous allons nous mettre immédiatement à l'ouvrage, et, bien que la tentative que nous allons faire soit invraisemblable, je ne désespère pas du succès. Vous sentez-vous un peu réconforté par le repas?

— Je suis prêt à faire tout ce que vous voudrez, mon cher docteur, dit Georges.

— Et moi je travaillerai jour et nuit pour revoir l'aurore bénie où je fumerai ma pipe dans la grande hune d'un bateau quelconque.

— Eh bien! il s'agit tout d'abord de mettre un peu d'ordre dans le capharnaüm où nous nous trouvons, et de faire l'inventaire exact de nos ressources. »

On procéda immédiatement à cette opération, assez longue en raison de l'enchevêtrement des colis, et surtout à cause de l'éclairage défectueux du fanal unique qui éclairait les travailleurs. Enfin, à trois heures du matin, les barils classés, suivant les substances qu'ils contenaient, s'empilaient régulièrement les uns sur les autres. Les caisses s'étageaient à part, et il restait dans la chambre un espace suffisant pour les évolutions de trois hommes.

Au fur et à mesure du déblaiement, le docteur prenait note des marchandises retrouvées. Quand l'arrimage fut terminé, il exigea impérieusement que ses compagnons prissent deux heures de repos.

« Obéissez-moi, commandant, et vous aussi, Halgouët. D'ailleurs, pendant que vous dormirez, je travaillerai plus tranquille. Je n'aime pas à avoir du monde autour de moi quand je travaille, » ajouta-t-il gaiement.

On dut obéir. Le docteur s'installa alors à côté du fanal, son carnet à la main, et s'occupa à tracer sur les pages des calculs et des formules de chimie, après quoi il se dirigea vers une grande caisse placée à part sur ses indications, et qu'il se mit en devoir d'ouvrir. C'était un des colis qu'il avait fait charger sur le *Sirius* en vue d'installer son laboratoire particulier. On se rappelle que cette partie de la cargaison avait été, de la part du docteur, l'objet d'un soin spécial et qu'il avait fait disposer minutieusement les caisses dans l'angle de la paroi de la cambuse. Prises ainsi entre trois surfaces, elles avaient simplement glissé au moment du sinistre, et semblaient avoir peu souffert. Néanmoins le docteur, si bien trempé qu'il fût, ne put se défendre d'un battement de cœur en faisant sauter le couvercle de la première de ces caisses : elle contenait des cornues, des flacons et des tubes, et si ces précieux instruments étaient brisés, c'en était fait de toute espérance. C'est pour cette raison surtout que Sergeant avait voulu être seul, afin de recevoir le premier choc en cas de malheur.

Le couvercle enlevé, le docteur retira l'épaisse couche de paille qui recouvrait les appareils, et le premier objet qu'il sentit sous sa main fut un fragment de verre brisé, qui lui fit au doigt une légère entaille; c'était d'un mauvais augure. Il se trouva en effet en présence d'un entassement de débris, et un instant il crut que le contenu tout entier de la caisse avait été broyé par le choc; mais, malgré tout, il ne se découragea pas. Il enleva tous ces tessons informes, et avec une joie inexprimable il retrouva, soigneusement enroulés dans des manchons de paille et d'étoupe qui les avaient préservés, un certain nombre de matras, de ballons et de cornues de terre et de verre, des tubes et quelques flacons à plusieurs tubulures. Dans un coin de la caisse étaient également des bouchons de liège et un rouleau de tuyau en caoutchouc.

Le docteur, rasséréné, passa à un autre ordre de recherches. Il s'agissait de savoir si les appareils de distillation destinés à procurer soit pour la médication, soit pour l'alimentation, des eaux pures, étaient intacts. Mais là, il était beaucoup moins inquiet. En raison de leur rusticité, ces appareils ne devaient pas avoir souffert. Il en trouva un en très bon état, et, comme il ne lui en fallait pas davantage, il ne s'occupa pas des autres. Quant à l'alcool nécessaire au fonctionnement, il en avait trois fûts.

Ces résultats une fois acquis, il réveilla Georges de Malher.

« Mon cher ami, lui dit-il, à votre tour de prendre le quart. Vous allez veiller pendant deux heures, et moi je vais me reposer. Envoyez-nous de l'oxygène toutes les demi-heures, remuez les différents lits de chaux, et, pour utiliser vos loisirs, rangez en bon ordre les différents ustensiles que j'ai exhumés et que vous voyez là. Quand vous serez fatigué, réveillez Halgouët; pourvu que je dorme trois heures, c'est tout ce qu'il me faut. Quand il fera jour, ajouta-t-il en riant, nous organiserons définitivement notre existence présente.

— Un seul mot, mon ami, répondit Georges. Avez-vous toujours bon espoir?

— Plus que jamais, mon cher commandant. Nous essayerons tout pour revenir parmi les humains.

— Et pour revoir ceux que nous aimons. Oh! oui, docteur, ne cherchons pas seulement à prolonger une misérable agonie! Tout, voyez-vous, tout, plutôt que la mort lente! »

VII

Le lendemain de la catastrophe, à huit heures du matin, l'amiral de la Rénolière s'entretenait avec le commandant du *Guichen*, sur la passerelle, lorsque l'officier, qui depuis un moment regardait à travers sa jumelle marine un bâtiment entrant dans le port, tendit la lorgnette à son chef en lui disant :

« Voyez donc, amiral : je ne me trompe pas; c'est l'*Investigator* qui rentre. »

M. de la Rénolière prit la jumelle et regarda à son tour.

« Vous avez raison, dit-il, c'est bien l'*Investigator*.

— Mais sir Owen Townsend avait annoncé l'intention de pousser jusqu'à Bey-routh en compagnie du *Sirius*.

— Oui, c'est bizarre en efffet. Il aura changé d'idée. Sir Owen aura pensé qu'il s'exposait, lui et son équipage, à un sérieux danger suivi de beaucoup d'ennuis, et, avec son sens pratique d'Anglais, il se sera dit que l'honneur britannique pouvait se passer de l'acte de généreux donquichottisme qu'il tentait. Cela m'étonne médio-crement.

— Ou bien, répondit le commandant, il aura éprouvé quelque avarie.

— Je ne le crois pas, dit l'amiral, car le yacht semble marcher à son allure normale. Tiens, mais, ajouta-t-il après avoir de nouveau porté la jumelle à ses yeux; regardez donc, mon cher ami : vous n'observez rien de particulier sur le bâtiment? Ma vue commence à baisser, et je me trompe peut-être. Prenez la lor-gnette.

— Parbleu si, répondit l'officier; j'observe que les voiles de l'*Investigator* sont en pantenne, et que le pavillon britannique à la corne, aussi bien que le pavillon français au grand-mât, sont tous les deux en berne.

— Mon cher ami, dit l'amiral, je regrette ce que je viens de dire. L'*Investigator* rentre parce qu'il a dû arriver un malheur à bord.

— Certainement, mais je me pose une question.

— Et moi aussi, c'est probablement la même. Pourquoi ce pavillon français à mi-mât?

— Oui, pourquoi? Sir Owen n'est pas Français, et si un malheur est arrivé à son bord, quelle raison y a-t-il pour y associer notre drapeau? »

L'amiral ne répondit pas; mais il devint très pâle, et le bref raisonnement que venait de formuler le commandant du *Guichen* lui donna immédiatement le sombre pressentiment d'une catastrophe dont il n'osait encore formuler la nature et l'étendue.

« Commandant, dit-il, vous devez éprouver la même angoisse que moi. Il est naturel, n'est-ce pas? que je ne m'arrête pas en ce moment à une question d'étiquette; faites immédiatement armer la baleinière, je me rends à bord de l'*Investigator*. »

En quelques minutes, l'ordre fut exécuté. Déjà les huit matelots attendaient, l'aviron en main, tandis que le patron, armé d'un anspec et debout, s'apprêtait à donner l'impulsion initiale. Déjà l'amiral, passant entre la haie des officiers de service respectueusement découverts, atteignait la coupée, lorsqu'on vit en pleine marche un canot se détacher des flancs de l'*Investigator*. Au moment où M. de la Rénolière allait descendre l'escalier, le commandant du *Guichen* lui fit remarquer cette manœuvre.

« Sir Owen est dans l'embarcation, ajouta-t-il, et il se dirige vers le *Guichen*.

— C'est juste. Je reconnais sir Owen. Faites ranger la baleinière, et signalez à sir Owen d'accoster ici. »

L'*Investigator* n'était plus qu'à une centaine de brasses du *Guichen*. Aussi en quelques coups d'aviron le canot du yacht anglais aborda-t-il l'escalier. Sir Owen monta les marches raides, très pâle, mais très froid en apparence. En arrivant à la coupée, il salua gravement l'amiral. Celui-ci lui rendit son salut. Puis, lisant dans le regard assombri de son visiteur la confirmation du malheur attendu, il l'invita à passer dans ses appartements particuliers.

Dès qu'ils furent seuls, M. de la Rénolière, toujours courtois malgré son inquiétude, avança un siège à son visiteur. Celui-ci le refusa poliment et dit :

« Amiral, j'ai à vous annoncer une épouvantable nouvelle.

— Je m'y attendais, Monsieur, ayant vu la livrée de deuil de votre navire... Le *Sirius?*...

— Le *Sirius* est perdu.

— Corps et biens?

— Non, j'ai sauvé la presque totalité de l'équipage.

— Merci, Monsieur, » dit M. de la Rénolière en tendant la main à sir Owen. Celui-ci ne la prit pas.

« Ne me remerciez point, amiral, reprit-il; le sauvetage n'est qu'une trop minime réparation, hélas! C'est moi qui suis cause de la perte du *Sirius*.

— Vous!

— Oui, moi, ou du moins mon navire. L'*Investigator* a abordé le *Sirius* par la brume et l'a coulé.

— Et c'est à moi, à moi responsable des navires qui m'ont été confiés par la France; c'est à moi que vous osez, de sang-froid, venir faire cet aveu!

— A vous d'abord, amiral, par pénible devoir de courtoisie; aux autorités maritimes ensuite, car je n'entends me soustraire à aucune responsabilité. »

Quelque maître de lui qu'il fût, l'amiral sentait la colère bouillonner en lui-même.

« Ah! vraiment, Monsieur, s'écria-t-il, vraiment, il a suffi d'un nuage de brume qui, d'après ce que je sais, a passé pendant dix minutes sur la surface de la mer, pour que l'*Investigator* abordât et coulât un navire français! Vous ne perdez pas de temps, messieurs les Anglais! Malgré la cloche, la sirène et les feux, il ne vous a fallu qu'un moment de brouillard pour détruire mon pauvre *Sirius* et noyer son équipage!...

— Je vous ai dit que presque tout l'équipage était sauvé.

— Presque! c'est-à-dire qu'il y a des morts. Et vous voulez me faire croire que cette catastrophe est l'œuvre du hasard, alors que vous naviguiez de conserve et que, si vous aviez su l'*a b c* du métier, le moindre ralentissement d'allure aurait été suffisant à empêcher un tel malheur! Non, Monsieur, je ne veux même pas attribuer la perte du *Sirius* à l'ignorance présomptueuse de gens qui, parce qu'ils sont riches, se croient capables de mener un navire. Cet abordage n'est pas un accident, Monsieur : c'est un crime! Le *Sirius* a probablement gêné votre route, vous avez passé sur lui, et voilà tout; vous étiez le plus fort, votre navire étant plus puissant et le *Sirius* se présentant par le travers. Et vous avez remporté là tout simplement une de ces menues victoires, sans gloire, il est vrai, mais aussi sans risques, que l'Angleterre récompense, mais que le monde méprise...

— Amiral!

— Monsieur, je suis trop vieux marin pour m'y tromper. Ce n'est pas à moi que vous oserez soutenir que l'abordage du *Sirius* par l'*Investigator*, en temps de brume, c'est vrai, mais par une mer calme, et étant donné que les deux bâtiments suivaient une direction parallèle, est un simple effet de la fatalité. La malveillance l'a causé, et la malveillance seule. Que le crime ait été commis par vous-même,

En quelques coups d'aviron, le canot du yacht anglais aborda l'escalier.

je ne le dis pas; mais vous êtes capitaine à bord de l'*Investigator*, et, comme tel, responsable. Si vous n'avez pas commis le crime, vous n'avez pas su l'empêcher. Et c'est la même chose.

— Amiral, reprit gravement sir Owen, je n'ai pas le droit de me défendre. Votre patriotique colère est légitime, et si elle fait remonter jusqu'à ma patrie la responsabilité de la catastrophe que j'aurais voulu éviter au prix de ma vie, je n'ai pas, jusqu'à plus amples explications, le droit de m'en plaindre. Vous avez raison, amiral; la perte du *Sirius* n'est pas due au hasard; elle résulte bien d'un crime, et j'en suis en effet moralement responsable. Quatre hommes ont péri, et je ne m'en consolerai jamais.

— Ainsi vous avouez qu'il y a eu crime?

— Je l'avoue, puisque c'est la vérité.

— Avant tout, quels sont les quatre hommes disparus?

— Le docteur Sergeant, l'aspirant Remi, le matelot Halgouët et le lieutenant de vaisseau de Malher.

— Trois vaillants officiers et un bon matelot de moins! Quatre braves gens enlevés par vous à la France, ce qui ne vous importe guère, et à leur famille, ce qui vous touchera peut-être davantage, car on doit aimer aussi les siens, en Angleterre!

— Oui, Monsieur, et je le sens d'autant plus que Georges de Malher était mon parent, et que je lui portais la plus vive affection. »

— Et en disant ces mots la voix de l'Anglais tremblait, malgré l'effort surhumain qu'il faisait pour garder son impassibilité de race et d'éducation. M. de la Rénolière, malgré lui, fut ému.

« Voyons, Monsieur, reprit-il; comment a eu lieu la catastrophe?

— Oh! vous pouvez répéter le crime, amiral. Au moment où nous avons été enveloppés par la brume, j'ai fait quitter la barre au jeune matelot qui la tenait, et j'ai remplacé ce novice par un marin expérimenté, nommé Thomas Tingle. Le *Sirius* se trouvait alors par bâbord à nous. J'ai donné l'ordre de gouverner sur tribord. Tandis que je faisais ralentir la marche, jouer la sirène et sonner la cloche, Tingle a mis, contre mon ordre clair et précis, qu'il avait fort bien compris, la barre tout entière à bâbord. Je l'ai arraché de la roue, j'ai pris sa place et crié de faire machine en arrière; il était trop tard !

— Et qu'avez-vous fait de Tingle?

— Il est aux fers et va être débarqué pour être mis à la disposition des autorités maritimes. De l'enquête que j'ai faite immédiatement il résulte, en effet, que ce matelot avait eu des discussions avec les marins du *Sirius*, et qu'il avait juré de se venger. J'ai écouté sans me plaindre, amiral, les choses dures que vous m'avez dites, parce que vous étiez dans votre droit. Je ne veux pas plaider les circonstances atténuantes; mais vous vous direz peut-être qu'il serait peu juste de faire supporter à l'Angleterre la responsabilité de la vengeance de brute d'un matelot. Certes, c'est une honte qu'un tel homme soit Anglais. Il semble que, même pour les plus grossières natures, la communauté des dangers courus sur les mers devrait créer une robuste fraternité entre tous ceux que leur existence y expose, partout et sous tous les pavillons. Le crime d'un misérable n'empêche pas les marins anglais de comprendre cette fraternité. Et moi, amiral, moi..., je suis bien malheureux. »

M. de la Rénolière, déjà ébranlé, fut touché de l'expression de profonde douleur que sir Owen avait mise dans ses paroles. Dans la peine cruelle qui l'étreignait lui-même, il trouva une sympathie pour le chagrin de cet homme, qui, dignement et sans phrases, s'offrait à sa légitime colère. De nouveau, il tendit la main à l'Anglais, et comme celui-ci hésitait, il la saisit.

« Allons, Monsieur, dit-il, si votre matelot est un monstre, cela ne vous empêche pas d'être un brave homme. J'ai été dur, c'est vrai; mais songez à ce que peut éprouver un chef à l'idée de perdre ainsi, par un crime imbécile, quatre serviteurs du pays!

— Je les pleure comme vous, amiral, sinon plus, répliqua doucement sir Owen; mais je vous remercie profondément du témoignage d'estime que vous venez de me donner. »

Les deux marins, très émus, restèrent un instant silencieux.

« Maintenant, reprit l'Anglais, je voudrais, dans la mesure du possible, réparer le mal qu'a causé l'*Investigator*. Je désire prendre personnellement à ma charge les frais de renflouage du *Sirius*. De plus je veux faire rendre les derniers honneurs aux infortunées victimes.

— Les retrouvera-t-on?

— Oui, hélas! je suis fixé sur les horribles circonstances de leur mort. Sans entrer dans les détails que vous donnera l'officier qui était de quart à bord du *Sirius* au moment de l'abordage, et qui a quitté le dernier le navire, voici comment ils sont morts : Le lieutenant de vaisseau de Malher, le docteur Sergeant et le matelot Halgoüet étaient dans les soutes quand la collision a eu lieu. On a, dans la confusion inévitable qui s'est produite, et sans ordre des chefs, fermé les panneaux des compartiments étanches. Les malheureux se sont ainsi trouvés emprisonnés et ont dû périr au moment où l'eau a envahi le compartiment; leur mort a dû être épouvantable, et je ne puis y arrêter ma pensée...

— Plus épouvantable encore que vous ne supposez, interrompit l'amiral; les compartiments du *Sirius* étaient disposés de façon à résister à l'invasion de l'eau dans tous les sens. Si l'on a fermé les écoutilles, ils ont dû, avant que la pression de la mer n'ait fait éclater les parois, se trouver en espace clos, et c'est à l'asphyxie, au manque d'air, qu'ils ont succombé.

— C'est affreux! dit sir Owen.

— Oui, parce que ç'a été la mort inévitable, relativement lente, la mort qu'on voit venir sans recours possible. Et l'aspirant Remi?

— Nous avons retrouvé son corps. Il a été submergé dans le faux-pont au moment où, envoyé par l'officier de quart, il courait appeler le commandant et ses compagnons dans les soutes.

— Pauvre enfant! vingt ans et tant d'avenir! Quand on pense qu'il y a quelques heures il dansait si gaiement à bord du *Guichen*.

— Amiral, dit sir Owen, ménagez-moi, je vous en supplie! Je suis à bout de forces. Je donnerais ma vie, je le répète, si elle pouvait racheter le mal accompli. Je la donnerai, s'il le faut, avec tout ce que je possède, pour l'atténuer. Aidez-moi maintenant, et ne m'accablez plus.

— Vous avez raison, Monsieur. Encore une fois, pardon. Voyons ce que vous allez faire.

— Permettez-moi de dire : ce que nous allons faire; car j'ai besoin de votre assistance.

— Comptez sur moi.

— Nous allons d'abord rendre les derniers devoirs à l'aspirant Remi, dont j'ai ramené le corps au Pirée. J'ai fait établir une chapelle ardente dans mon yacht; le brave officier français est veillé tour à tour par les officiers de l'*Investigator,* et le pauvre enfant reposera en terre sainte. C'est, ce me semble, le premier devoir à accomplir. »

L'amiral s'inclina.

« Ensuite je rassemblerai ici, à n'importe quel prix, le matériel nécessaire pour procéder au renflouage du *Sirius.* Quand j'aurai remis à flot le navire, je le remorquerai au Pirée et nous rendrons à la terre les dépouilles mortelles des trois braves qui ont trouvé la mort dans les soutes. Après quoi, je me ferai un point d'honneur de remettre à la France son navire dans l'état même où il était quand il a quitté le Pirée. »

M. de la Rénolière parut assez surpris de cette déclaration, faite de la façon la plus simple.

« Mais, Monsieur, dit-il, c'est à moi qu'il appartient de faire procéder au renflouage du *Sirius.* C'est avec mon gouvernement que je dois m'entendre à ce sujet, quitte à réclamer ensuite, par la voie diplomatique, les indemnités jugées équitables.

— C'est parfaitement juste en thèse générale ; mais ici, si vous le voulez bien, je passerai outre.

— Pourtant...

— Pardon. Je veux m'acquitter le plus tôt possible de ma double dette envers l'humanité et votre pays. J'entends retrouver d'abord vos compagnons qui sont morts, et vous restituer ensuite votre navire, sans que mon pays à moi ait à subir la honte d'une réclamation, après celle d'avoir causé le malheur que nous déplorons tous. Ne m'enlevez pas, amiral, le triste privilège que je réclame. Aussi bien je suis libre. Faites vos démarches, moi j'agirai.

— Ce n'est pas régulier.

— Peut-être, mais c'est juste. Je vous demanderai seulement une grande faveur.

— Dites.

— Mon personnel sera insuffisant. Je ne connais pas assez la marine grecque pour avoir pleine confiance dans

« Si votre matelot est un monstre, cela ne vous empêche pas
d'être un brave homme, » dit M. de la Rénolière.

son concours, et d'ailleurs je tiens à éviter toute perte de temps. Voulez-vous mettre à ma disposition l'un de vos ingénieurs et quelques hommes de vos équipages, parmi lesquels des scaphandriers exercés ? Je n'en ai que deux, et ils ne suffiront pas.

— Ma foi, répondit l'amiral, on dira ce qu'on voudra, mais je vous aiderai, Monsieur. Combien vous faut-il d'hommes ?

— Rien que les survivants du *Sirius*.

— Ils seront naturellement sous les ordres de l'ingénieur et des officiers que je vais vous donner. Je ne puis placer des sujets français sous la direction...

— D'un étranger. Vous avez raison. Ils n'obéiront qu'à leurs officiers, et moi je m'entendrai avec ceux-ci.

— Bien, mais une question. Vous êtes marin et homme de science. Croyez-vous sincèrement au renflouage du *Sirius?*

— Il sera difficile, mais il est possible.

— Vous avez relevé le lieu exact du naufrage?

— Je l'ai relevé. Le navire a coulé par 24° 0' 7" de longitude, et par 36° 12' 5" de latitude nord. Il doit reposer par environ trente brasses de profondeur.

— C'est beaucoup.

— Sans doute, mais on peut essayer.

— Avez-vous pensé aux frais qu'il vous faudra faire?

— J'y ai pensé, et je les ferai.

— Monsieur, dit l'amiral en serrant de nouveau la main de sir Owen, vous êtes bien décidément un brave homme. »

Puis, avec un triste sourire qui éclaira un moment son visage sombre :

« Je vous félicite aussi, ajouta-t-il, d'être un homme riche; car je n'avais jamais compris combien une grande fortune comme la vôtre peut atténuer une grande douleur comme la nôtre. »

VIII

Au réveil, le docteur expliqua ses projets à ses compagnons :

« Mes chers amis, dit-il, notre tâche se divise en deux parties bien distinctes : vivre ici, et en sortir.

« En ce qui concerne la première, nous allons fabriquer de l'oxygène, et voici comment :

« Nous avons à notre disposition des désinfectants variés. Tous contiennent de l'oxygène. Il s'agit seulement de l'en faire sortir par les procédés les plus simples. Nous avons fait notre inventaire : nous possédons du chlorure de chaux, du sulfate de zinc, du chlorate de potasse, de l'hyposulfate de chaux, du sulfate de cuivre, du permanganate de potasse, en quantités variées. La nécessités de charger très rapidement le *Sirius* nous a obligés à prendre tout ce que nous avons trouvé, et nous pouvons aujourd'hui en remercier le Ciel. Nous aurions dû avoir aussi un assez grand nombre de dames-jeannes d'acide sulfurique. Mais je n'en ai trouvé ici que deux bonbonnes, les autres ayant dû être emmagasinées dans une autre partie du navire. Néanmoins, ce que nous avons nous suffira.

« J'ai compté qu'il nous faudrait à peu près une semaine pour nos préparatifs d'évasion. Or un homme consomme environ 537 litres d'oxygène par 24 heures. Il nous faut donc, pour nous trois, à peu près 1 600 litres d'oxygène par 24 heures, ce qui, pour sept jours, représente 11 200 litres. Avec la quantité de gaz nécessaire pour la combustion des fourneaux à alcool et du luminaire, supposons qu'il nous en faut 16 000 litres. Nous opérerons sur le chlorate de potasse, qui est d'une manipulation un peu dangereuse, mais assez simple. Nous en serons quittes pour prendre des précautions. Comme un kilogramme de chlorate de potasse fournit 892 grammes d'oxygène, soit 274 litres, il nous faut, pour nous donner la quantité qui nous est nécessaire, seulement 59 kilogrammes de chlorate. Or nous en possédons trois barils de 50 kilogrammes chacun. Nous avons donc là amplement de quoi respirer pendant une semaine, et même pendant trois fois plus de temps, si c'est nécessaire. »

Halgouët ouvrait des yeux ébahis, le capitaine au long cours qui l'avait instruit ayant entièrement négligé de lui inculquer quelques notions de chimie, en quoi il était d'ailleurs excusable, étant beaucoup plus ferré lui-même sur l'*Énéide* que sur les réactions réciproques des corps.

« Dites-moi, monsieur le docteur, interrogea-t-il, c'est une espèce de poudre blanche que le chlorate de potasse ?

— Parfaitement.

— Et c'est de là que vous allez tirer de l'air respirable ?

— Oui, ou du moins une de ses parties constitutives essentielles, l'oxygène, qui entre dans la composition de l'air pour à peu près un cinquième.

— Et comment vous y prendrez-vous ?

— D'une façon très simple. Je mettrai du chlorate de potasse dans une cornue, et je le ferai chauffer avec le fourneau à alcool de l'appareil de distillation que vous apercevez d'ici dans le coin.

— Mais, si je ne me trompe, dit Georges, il faut que cette opération de chauffe se fasse dans des conditions spéciales, sans quoi...

— Sans quoi il se forme une croûte à la surface de la masse fondue, ce qui amène une perforation du fond de la cornue. Et alors le chlorate de potasse, tombant sur le feu, éclate, et tue ou blesse les opérateurs. Le commandant a raison de me le rappeler. Mais pour éviter ces désagréables accidents, il suffit de maintenir le foyer à une haute température. C'est précisément à cette circonstance que je faisais allusion en parlant tout à l'heure de précautions à prendre.

— Et vous pensez, dit Georges, que le fourneau à alcool sera suffisant à vous procurer cette haute température ?

— Je l'espère, parce que je lui adjoindrai un dispositif particulier, une sorte de chalumeau à oxygène, qui activera la combustion, et pour lequel, au début, nous utiliserons une partie de la réserve qui nous reste dans nos cylindres. Nous l'alimenterons ensuite en nous servant du gaz même que nous obtiendrons. Voici donc un point réglé.

— Et pour recueillir l'oxygène fabriqué ?

— C'est très simple. Nous adaptons au dernier tube de l'appareil que je vais établir un tuyau en caoutchouc que voici. Nous renversons dans l'eau un des cylindres à oxygène, dans lequel nous perçons une minime ouverture. Puis nous emmanchons notre tuyau en caoutchouc au robinet : au fur et à mesure de la production, le gaz prendra, dans le cylindre, la place de l'eau, qui s'écoulera par le petit trou. Nous boucherons celui-ci avec une étoupille dès que le récipient sera plein; nous fermerons le robinet, et nous aurons un réservoir prêt à vivifier notre atmosphère. Donc nous avons de l'oxygène. Mais ce n'est pas tout. En respirant nous dégageons une certaine quantité d'acide carbonique, environ 21 litres par heure. Or, si ce gaz n'est pas toxique, il est inerte et asphyxie à la manière de l'eau. Il importe donc de l'absorber. Nous avons déjà commencé à le faire. Il suffira de continuer en étalant partout la chaux dont nous avons plusieurs barils.

« Enfin nous exhalons également de la vapeur d'eau; mais celle-ci ne nous gênera pas. En effet, étant donnée la chaleur de l'espace confiné où nous nous trouvons, elle ira se condenser en gouttelettes sur les parois du navire en contact avec la mer, qui est à une température beaucoup plus basse que notre milieu ambiant, et nous en serons quittes pour l'éponger. Notre maison sera évidemment un peu humide, mais ce sera un simple inconvénient parfaitement supportable.

— Et d'ailleurs, observa Halgouët, qui avait toujours le mot pour rire, nous n'avons pas la ressource de nous plaindre au propriétaire.

— Nous voilà donc, à moins de circonstance imprévue, à peu près assurés de vivre ici pendant quelques jours. A vrai dire, je ne crois pas qu'une complication puisse se produire : le *Sirius* est un bâtiment presque neuf, les coutures de ses tôles sont étanches; nous avons, il est vrai, depuis que la cambuse est inondée, la masse d'eau au-dessus de nos têtes. Mais la paroi supérieure est soigneusement lutée avec un fort mastic qu'il suffit d'entretenir, et de plus elle est solidement étayée par la colonne de barils que nous avons établie. Dans toutes les mines, des poteaux beaucoup plus faibles supportent des pressions autrement considérables. D'ailleurs, rien ne nous empêche de renforcer notre étai.

— Reste maintenant la question de l'évasion, dit Georges, qui avait approuvé du geste les conclusions du docteur.

— Parfaitement, et dites-moi à ce propos, mon cher commandant, si vous avez quelque idée de ce que nous pouvons faire.

— Mon Dieu, répondit l'officier, le problème se pose avec une netteté si brutale, qu'il n'y a pas beaucoup à discuter. Il n'y a qu'un seul moyen de nous en aller d'ici : c'est de percer le bordage du *Sirius*, et de traverser les trente ou quarante brasses d'eau qui nous séparent de la surface. Après quoi, en admettant qu'on puisse y arriver, il ne nous restera plus qu'à trouver là, juste à point, une embarcation pour nous recueillir.

— En ce qui concerne l'embarcation, je ne puis pas vous la promettre, répondit Sergeant. Il ne faut pas trop exiger. Mais à la rigueur, en admettant, comme vous

5

dites, que nous puissions arriver à la surface, nous n'aurions peut-être pas besoin de bateau. En effet, au moment de la catastrophe, nous avions par bâbord et à courte distance un petit îlot d'apparence volcanique que vous avez vu.

— Je l'ai effectivement relevé : c'est l'îlot de Syrtos.

— Nous pourrions donc l'atteindre. Et comme ces parages sont très fréquentés, il ne se passerait certainement pas une journée sans que nous soyons recueillis par un bâtiment quelconque, caboteur ou pêcheur. Je ne vois donc pas là une grande difficulté, et si vous voulez bien me permettre de le dire, je trouve qu'en discutant ce point, nous mettons la charrue devant les bœufs.

— Soit; comment arriverons-nous à la surface?

— Voyons ce que vous en pensez.

— Nous avons à lutter contre trois obstacles, reprit Georges de Malher en réfléchissant profondément. Le premier, c'est le choc que produira l'eau en s'engouffrant dans notre réduit par le trou que nous aurons percé. Nous nous trouvons ici en présence d'un dilemme qui me paraît, au premier abord, presque insoluble.

— Quel dilemme?

— Si nous enlevons d'un seul coup, par un procédé quelconque *à trouver,* un fragment suffisant du bordage pour nous livrer immédiatement passage, l'eau, sous cette énorme poussée, nous écrasera. Si nous opérons lentement, l'eau entrera doucement; mais elle nous submergera avant que nous ayons fini de nous ménager notre sortie.

— Bien, très bien, répondit Sergeant. Supposons cette première difficulté vaincue, et passons aux deux autres obstacles.

— Admettons donc, reprit Georges, que nous soyons sortis du *Sirius.* Nous aurons à supporter immédiatement une pression formidable. Supposons, en effet, que nous nous trouvions par trente brasses de profondeur. La colonne d'eau qui s'élèvera au-dessus de nous aura près de quarante-neuf mètres de hauteur, ce qui représente une pression de près de cinq kilogrammes par centimètre carré. Notre main étendue supporterait un effort de neuf cents kilogrammes dans tous les sens. Pourrons-nous y résister?

— Allez toujours.

— La dernière difficulté découle de la précédente. Comment, en admettant que nous puissions subir cette pression, garderons-nous la force morale et physique nécessaire pour nager et atteindre la surface? Comment respirerons-nous pendant la durée, si courte soit-elle, de cette ascension?

— C'est tout? demanda froidement Sergeant.

— C'est tout, et il me semble que c'est assez.

— Eh bien, voici les solutions. »

Georges et Halgouët, anxieux comme on peut le croire, se rapprochèrent du docteur. Georges était stupéfait de son sang-froid. Quant au Breton, il ne s'étonnait plus de voir le médecin se battre contre la nature, et il écoutait avec autant de confiance que de curiosité.

« Vous convenez, reprit Sergeant, que si nous pouvons triompher de ces trois difficultés, nous avons de sérieuses chances de salut. Voici comment nous nous y prendrons :

« Je commence par déclarer que vos objections sont parfaitement justes. Nous devons donc tout d'abord éviter la terrible cascade qui se produira dans notre réduit si nous y ouvrons une brèche, et j'écarte immédiatement, sauf meilleur avis, le procédé qui consisterait à nous laisser lentement inonder. Voici comment je crois qu'il faut procéder : Nous dessinons sur la tôle un carré suffisant pour nous livrer passage, et nous limons le métal suivant chaque côté du carré, de façon à pouvoir faire sauter rapidement, sous un choc violent, la surface découpée. Il va sans dire que, au fur et à mesure du creusement de ce sillon quadrangulaire, nous consoliderons, par des étais convenablement disposés, le carré destiné à sauter. Quand nous serons prêts pour l'évasion, nous disposerons, tout autour de la future ouverture et en avant, une série de cloisons faites avec tout ce que nous avons de bois : nous n'en manquons pas. L'eau en entrant les brisera les unes après les autres, et le contre-coup que nous aurons ainsi à supporter sera considérablement amorti. Il est certain qu'il y aura un moment désagréable à passer, mais c'est une question de sang-froid.

— Et puis, dit Halgouët, nous ne sommes pas ici pour nous amuser.

— Et comment ferons-nous tomber le carré de fer découpé dans la paroi?

— Avec un explosif de ma façon, pour lequel j'ai déjà l'élément principal, le chlorate de potasse.

— Mais nous sauterons aussi.

— Non; parce que tout d'abord nous le doserons prudemment, ensuite parce que l'action de l'explosif s'exerçant toujours dans le sens de la plus forte résistance, c'est la paroi de fer contre laquelle nous attacherons la cartouche qui subira le choc et s'éventrera.

— C'est admissible, dit Georges après avoir songé un instant. Seulement nous serons très probablement un peu étourdis.

— Je ne le crois pas; nous nous arrangerons pour nous abriter de notre mieux. Et il suffit, pour que mon projet réussisse, que nous gardions seulement quelque ombre de présence d'esprit : le reste est, en effet, presque automatique.

— Voyons donc le reste.

— Nous possédons deux bonbonnes d'acide sulfurique. Plusieurs des caisses qui se trouvent ici sont doublées en zinc. Nous avons donc à notre disposition ce qu'il nous faut pour fabriquer de l'hydrogène, en décomposant de l'eau par l'action de l'acide sulfurique sur des copeaux de zinc. Supposons que nous puissions fabriquer des ballons résistants, les gonfler d'hydrogène et les attacher à nos épaules. Nous pourrons ainsi provoquer une rupture d'équilibre considérable. En effet, vous savez que tout corps plongé dans l'eau perd de son poids le poids du volume d'eau déplacé.

« Si donc nous pesons, par exemple, 85 kilogrammes, et si notre corps déplace 60 litres d'eau, nous perdons de notre poids 60 kilogrammes, et il reste un excédent de 15 kilogrammes, qui suffit à nous faire couler si nous ne nageons pas. Que, au moyen d'un ballon rempli d'air, d'une vessie, je déplace 15 nouveaux litres d'eau : mon poids sera, pour ainsi dire, annihilé. Mais si, avec cette même vessie, j'en déplace 20, je bénéficie à mon tour de l'excédent, c'est-à-dire d'une force ascensionnelle équivalente au poids de 5 litres d'eau, c'est-à-dire à 5 kilogrammes. Il y a lieu naturellement d'en déduire le poids du ballon et de l'air lui-même. Si j'emploie de l'hydrogène, j'obtiendrai un effet encore plus sensible, ce gaz étant quatorze fois plus léger que l'air et un peu plus de dix mille fois plus léger que l'eau, et je n'aurai même plus à tenir compte de son poids. Donc, avec un ballon d'une contenance de cent litres, j'obtiendrai une rupture d'équilibre considérable qui doit, sans que nous ayons à nous en occuper, fussions-nous même complètement inertes, nous lancer à la surface de la mer et nous y faire arriver dans un espace de temps inférieur, d'après mes calculs, à vingt secondes.

— Tout cela est parfaitement juste, répondit Georges. Mais comment ferons-nous pour fabriquer des ballons suffisamment étanches et suffisamment résistants?

— A vrai dire, nous confectionnerons non pas des ballons, mais des ceintures, analogues aux ceintures de natation de caoutchouc que l'on gonfle d'air, et dont on se sert pour apprendre à nager. Les nôtres seront seulement de dimensions beaucoup plus considérables. Pour les faire, nous avons à notre disposition un ballot de toile caoutchoutée dont nous nous étions pourvus, vous vous le rappelez, pour faire des alaises destinées aux cholériques.

— Mais il faudra les coudre.

— Nous fabriquerons du fil avec l'étoupe qui a servi à envelopper les cornues et les matras.

— Je m'en charge, dit Halgouët. Le fuseau, ça me connaît. Et bien que je n'aie jamais filé aux pieds d'Omphale, j'ai assez vu filer ma pauvre bonne femme de mère, pendant que mon père filait, lui aussi, vers la haute mer, sur son bateau de pêche.

— Et des aiguilles?

« Le patron posa à mes souliers des pièces presque invisibles. »

— Avec du fer, du métal et un chalumeau à oxygène, on en fait.

— Et pour rendre nos coutures imperméables à l'eau?

— Ah! ici je n'ai pas de réponse prête, dit le docteur. Mais nous verrons à fabriquer un vernis.

— Pardon si j'insiste, dit Georges; mais c'est là un point essentiel. Si les coutures de nos ceintures ne sont pas rigoureusement réfractaires à l'eau, la pression les aplatira instantanément.

— Pardon, interrompit Halgouët, mais il me vient une idée.

— Voyons l'idée.

— C'est plutôt un souvenir; mais il pourra peut-être nous servir. Il y a quelques années, j'étais à bord du *Trident*, en rade de Toulon, au retour d'une campagne. Toutes mes chaussures étaient en mauvais état. Je descendis à terre avec l'intention de les faire réparer plus vite qu'on n'eût pu le faire à bord. A quelque distance du café du Commerce, j'avisai une boutique qui portait cette inscription : *Grande cordonnerie américaine, réparations à la minute.* Le patron posa à mes souliers des pièces presque invisibles, non pas cousues, mais collées, et jamais les chaussures ainsi réparées n'ont pris l'eau.

— Parbleu, dit le docteur, je sais bien, mon brave Halgouët, qu'il y a des vernis imperméables. Mais je n'ai pas sous la main ce qu'il faut pour fabriquer ceux dont je connais la formule.

— Voilà justement : le cordonnier en question confectionnait sa colle de sorcier avec du caoutchouc; ça, j'en suis sûr. Et il faisait fondre son caoutchouc dans un liquide semblable à peu près à de l'huile, d'une coloration jaunâtre, et qui exhalait une odeur à faire reculer un village d'Esquimaux. Et Dieu sait pourtant si les Esquimaux sont difficiles en fait d'odeur!

— Un liquide jaunâtre, huileux, sentant très mauvais... Mais j'y suis! s'écria Sergeant, et je ne sais pas en vérité comment cela ne m'est pas venu à l'idée... Mon cher Halgouët, vous nous avez sauvés. Le caoutchouc, j'en ai à revendre, avec mes toiles et mes tubes, et quant au liquide, nous en fabriquerons : c'est du sulfure de carbone.

« Quant à la pression que nous aurons à subir, elle ne dépasse pas de beaucoup les extrêmes limites qu'un homme puisse supporter. Et d'ailleurs, projetés comme des balles vers la surface par la puissance ascensionnelle de nos réservoirs, nous ne séjournerons dans les couches profondes que pendant un temps trop court pour qu'un désordre grave puisse se produire dans notre organisme.

« Maintenant, mes chers amis, nous avons résolu *théoriquement* toutes les difficultés. J'ajouterai seulement que, pour parer à toute éventualité, nous joindrons à notre ceinture un appareil respirateur, composé d'un sac imperméable, contenant la quantité d'air frais nécessaire à une dizaine de mouvements d'inspiration et d'expiration pour nous permettre de reprendre haleine après l'invasion de l'eau. Cet appareil s'appliquera rigidement à notre bouche par une bande de toile de caoutchouc. Il comprendra deux tuyaux, l'un communiquant avec le sac d'air l'autre avec l'extérieur. Chacun sera clos d'une soupape primitive faite par une simple balle de plomb ou d'étain. Nous avons de l'étain dans la caisse du maître d'armes. A l'inspiration, la bulle du tuyau d'air se soulèvera et se heurtera à une petite buttée, laissant passage à l'air appelé par le trou d'un diaphragme sur lequel elle repose normalement. Celle du tuyau libre s'appliquera encore plus fortement contre le diaphragme placé au-dessus d'elle. A l'expiration, le phénomène inverse se produira; la balle du conduit atmosphérique s'appuiera contre l'orifice et le fermera. La balle du tube libre cédera de quelques millimètres jusqu'à une petite buttée, livrera passage à la bulle d'air chassé, et sous la double influence de la poussée de l'eau et de l'inspiration suivante reviendra fermer hermétiquement le diaphragme de caoutchouc.

« Maintenant, mes chers amis, nous avons résolu théoriquement toutes les difficultés. »

« Vous ai-je convaincu, mon cher Georges, et vous, mon brave Halgouët? dit le docteur changeant subitement de ton et tendant ses deux mains à ses compagnons.

— Moi! s'écria Quosé, mais je vous écoute comme un dieu. »

Un peu plus, il baisait la main tendue.

« Et moi, dit Georges de Malher en répondant à son étreinte, je vous admire et je vous suis, parce que vous personnifiez pour moi l'énergie morale, et qu'il serait injuste que tant de courage simple, de sang-froid et de volonté, fussent dépensés en pure perte. Mon cher Sergeant, j'ai pleine confiance en vous.

— Alors, mes amis, dit le docteur en ôtant sa vareuse et en retroussant ses manches, au laboratoire! Travaillons ferme, et ouvrons notre avant-dernier cylindre d'oxygène. Il est temps! »

IX

Sir Owen avait suivi modestement, en se tenant presque à l'écart, les funé-railles de l'aspirant Remi, qu'avaient escortées, outre les autorités civiles et militaires du Pirée et d'Athènes, des délégations des navires de toutes les nationalités qui se trouvaient en rade. Tous les marins de l'*Investigator*, dans leur uniforme de mol-leton blanc, le crêpe flottant au bras, avaient pris place dans le cortège. Mais sir Owen avait laissé la conduite du détachement à ses officiers, et s'était mêlé à la foule. Au cimetière, après les discours, il déposa lui-même, quand tout le monde fut parti, une palme d'argent sur la tombe de l'officier. Puis, en proie à ses tristes pensées, il se dirigea vers la sortie. Au moment où il allait franchir la porte, un matelot français, qui stationnait près de la grille, s'avança vers lui.

« Pardon, excuse, commandant, dit-il; c'est bien au capitaine de l'*Investigator* que j'ai l'honneur de parler?

— Oui, mon ami. Vous avez quelque chose à me dire?

— J'aurais quelque chose à vous dire. Mais je vois l'amiral qui s'approche, je me recule. Seulement, si c'est un effet de votre bonté, commandant, vous serez bien aimable de me faire signe quand vous aurez fini avec l'amiral. »

Et le matelot s'en fut à l'écart, sans même attendre la réponse. En effet, M. de la Rénolière était resté lui aussi à la porte du cimetière, et, entouré d'une vingtaine d'officiers en grand uniforme, il se dirigeait vers sir Owen.

« Monsieur, lui dit-il, je n'ai pas voulu laisser achever cette triste cérémonie sans vous donner un témoignage d'estime. Je sais, nous savons tous, ajouta-t-il en se tournant vers l'état-major, que vous portez la peine d'une fatalité que vous n'avez pas méritée. Je me serais fait un reproche de ne pas apporter quelque consolation

Sir Owen regarda alors avec attention cet interlocuteur entêté.

à la peine si visible que vous éprouvez, et je puis vous dire que tous mes officiers se joignent à moi pour vous exprimer leur vive sympathie. »

Sir Owen, malgré son empire sur lui-même, fut profondément ému. Il prit les deux mains tendues de l'amiral, les serra, et ne trouva dans son cœur que cette réponse, bien simple :

« Ah! Messieurs!... Messieurs, vous êtes bien des Français. »

Et tandis qu'après un respectueux salut, la cohorte dorée se retirait, l'Anglais restait sur place, les yeux fixés, dans une reconnaissante pensée, sur un drapeau tricolore voilé de deuil qui flottait à la fenêtre d'une maison française.

A cet instant, le même matelot revint vers lui et répéta :

« Pardon, excuse, commandant. Mais maintenant que l'amiral est parti, est-ce que je pourrais vous parler? »

Sir Owen regarda alors avec attention cet interlocuteur entêté. C'était un petit homme mince, mais bien bâti, au teint bronzé, aux yeux bleus étranges sous ses cheveux noirs.

« Que me voulez-vous, mon brave?

— Voici. Paraît que vous avez l'intention de renflouer le *Sirius*. Vous avez demandé à l'amiral des scaphandriers. On vous en a donné deux : Martial et Fricourt. Ce sont deux braves gars, très solides. Mais voyez-vous, tout amour-propre à part, ils ne me valent pas.

— Ah! vous êtes scaphandrier?

— Un peu, même que j'ai travaillé au port de Lorient sous six brassses d'eau pendant des heures, et que la pompe, toute refoulante qu'elle était, se serait fatiguée plus vite que moi.

— Et vous voudriez travailler au renflouage du *Sirius?*

— Dame, si c'était un effet de votre bonté, ça me ferait bien plaisir que vous me demandiez à l'amiral.

— Je le veux bien, puisque vous êtes du métier, et je ne pense pas que l'amiral me refuse. Je vous donnerai la haute paye que j'offre aux autres scaphandriers, et les primes de travail. J'en parlerai demain matin à M. de la Rénolière. Venez me voir dans l'après-midi à bord de l'*Investigator*.

— Bien, commandant. Maintenant, vous savez, la haute paye, ça ne m'intéresse que d'un côté.

— Comment cela?

— Oui. Oh! je ne la refuse pas. Seulement, voilà : je suis l'ami d'enfance de Jean Halgouët, dit Quosé. Et ses parents ont été très bons pour moi, dans le temps. Il faut vous dire que feu le père de Jean avait un frère, qui était adjoint de Muzillac, dans le Morbihan, en Bretagne. Et grâce au papa Halgouët, qui avait parlé de moi à son frère, j'ai eu une bourse à Vannes, ce qui m'a servi à faire mon éducation jusqu'en quatrième.

— C'était peut-être beaucoup pour un pêcheur des côtes, dit sir Owen, qui ne put s'empêcher de sourire.

— Oui, mais c'est que je n'ai pas seulement été pêcheur, moi, commandant. J'ai été pendant deux ans comme qui dirait apprenti pharmacien. Je n'étais, à tout dire, que garçon de laboratoire chez le pharmacien de Muzillac. Mais comme il n'avait pas d'élève et qu'il allait très souvent à la chasse, je le remplaçais.

— Très bien. Mais je ne vois pas comment cette éducation a pu faire de vous un plongeur émérite.

— C'est que j'aimais beaucoup la mer, ce drôle d'océan de Bretagne qui n'a pas deux jours de suite la même figure. Quelque temps qu'il fît, entre deux collyres, ou entre deux boîtes de pilules, j'allais prendre mon bain dans les grandes lames, et je restais une bonne heure dans l'eau, en m'exerçant par goût à plonger le plus longtemps possible. J'ai attrapé des tas de coups de queue de marsouins; mais ça ne m'a jamais corrigé, si bien qu'un jour j'ai planté là mon patron, et je me suis engagé dans la marine. Comme j'avais du plaisir, du vrai plaisir à voir la mer « par en-dessous », je me suis exercé au scaphandre, et avec mon habitude de mener ma respiration comme je voulais, ça n'a été qu'un jeu pour moi. De sorte qu'en fin de compte je serais bien heureux de contribuer à retrouver mon pauvre vieux Jean Halgouët, même mort, puisqu'il n'y a guère moyen de le retrouver autrement. Tous les Anglais ne sont pas de mauvais diables, n'est-ce pas, commandant? Et vous avez l'air d'un bien brave homme, vous, quoique vous ayez coulé notre joli *Sirius*. C'était probablement que vous n'avez pas pu faire autrement. On fait ce qu'on peut, on n'est pas des princes... »

Et sur cette conclusion philosophique, le matelot s'arrêta, les pieds en équerre, et roulant son béret dans ses doigts.

Sir Owen, intéressé et touché, laissa passer sans sourciller le compliment de la fin.

« Comment vous appelez-vous, mon ami? demanda-t-il.

— Yves Poulpiquet, commandant.

— Et vous êtes embarqué...?

— A bord du *Surcouf*.

— C'est bien; si cela ne dépend que de moi, vous viendrez nous aider. Donc, à demain, à bord de l'*Investigator*.

— Bien, commandant. On y sera, et merci. »

Là-dessus, le matelot tourna sur ses talons après avoir salué, et s'éloigna. Sir Owen, de son côté, rentra en ville, où d'autres soucis l'appelaient.

Il se mit immédiatement en campagne pour rassembler l'outillage nécessaire au renflouage du *Sirius*. Grâce à l'appui de l'amiral et à la générosité avec laquelle il déchirait les pages de son carnet de chèques, il arriva assez vite à réunir le matériel dont il avait besoin. Néanmoins il lui fallut huit jours pour le compléter.

Chaque fois qu'il trouvait, chez un constructeur, un armateur ou un fabricant, un des engins qu'il lui fallait, il l'achetait purement et simplement, sans marchander sur les prix qu'on lui demandait. Si l'objet était en mavais état, il embauchait à n'importe quelles conditions les ouvriers, qui travaillaient jour et nuit à le réparer. Il se procura ainsi, soit avec le concours du gouvernement grec, soit en s'adressant à l'industrie privée, une cinquantaine de pontons métalliques, de formes et de dimensions variables; il récolta tout un stock de bouées et de « corps-morts », des pompes d'épuisement, des kilomètres de chaînes solides, des scaphandres perfectionnés avec tous leurs accessoires. Pendant huit jours et huit nuits, le commandant de l'*Investigator* prit à peine quelques heures de repos. L'officier français du génie maritime qui l'assistait était littéralement sur les dents. Mais sir Owen semblait être bâti en acier. Il avait réquisitionné, en triplant la paye, tous les ouvriers disponibles du Pirée et d'Athènes. Tous les pontons avaient été minutieusement visités, éprouvés et examinés sur tous leurs joints. Tandis que des chaudronniers boulonnaient les coutures douteuses et renforçaient les parois trop faibles, tandis que des calfats les goudronnaient de manière à assurer leur rigoureuse étanchéité, des ajusteurs leur adaptaient des tubes filetés destinés à recevoir les écrous des tuyaux de pompes, et de puissants crochets sur lesquels devaient se frapper les chaînes. On faisait de même pour les bouées et les corps-morts. C'est, en effet, au moyen de ces pontons et de ces bouées que sir Owen pensait réussir à renflouer le *Sirius*.

Les opérations de renflouage sont très délicates; et il n'existe pour ainsi dire pas de technique générale. Les moyens employés varient suivant les cas. Lorsqu'un navire est échoué presque à fleur d'eau, comme le fait s'est produit récemment au Havre pour le paquebot *la Touraine,* coulé à l'entrée du port par suite d'un coup de mer qui l'avait drossé contre la jetée, on peut utiliser des sortes de grues montées soit sur de puissants pontons, soit sur les points fixes de la côte, et aider à leur action par des allèges disposées tout autour du navire. Ces allèges sont des corps creux, pleins d'air, qu'on attache avec des chaînes ou des câbles aux parois du bâtiment, et dont la réunion soulage d'autant, par la rupture d'équilibre provoquée, la masse du navire submergé.

Lorsque le bâtiment a été coulé à une faible profondeur, et qu'il est facilement accessible aux scaphandriers, on peut, s'il est intact, le fermer complètement, le rendre lui-même aussi étanche que possible. Après quoi l'on épuise l'eau qu'il contient, au moyen de pompes, en remplaçant cette eau par de l'air. Il est facile de comprendre que le bâtiment ainsi vidé revient de lui-même à la surface.

Enfin, lorsque le bateau à renflouer est échoué par une profondeur relativement grande, et lorsqu'on ne peut employer les moyens exposés ci-dessus, on a recours à l'emploi des pontons étanches : on fait passer, s'il est possible, par les scaphandriers, des chaînes sous la coque du navire. Puis on coule des pontons remplis d'eau que l'on relie à ces chaînes. Ensuite on épuise l'eau des pontons, qui deviennent, pour ainsi dire, autant de vessies autour du corps du vaisseau noyé. On ne peut pas toujours passer les chaînes sous le bâtiment : alors on les accroche le plus solidement possible aux parties résistantes de la carcasse. Et c'est là que les scaphandriers doivent déployer tout leur courage et toute leur habileté professionnelle. Le problème, en effet, est déjà assez difficile quand ces braves ouvriers opèrent à une profondeur normale. Il devient encore plus ardu lorsque, sous la pression des hautes couches d'eau, exposés à la congestion, les oreilles bourdonnantes et la poitrine haletante, il leur faut garder assez de sang-froid pour s'orienter au milieu des débris, se mouvoir dans un milieu résistant, prendre garde à ne pas enchevêtrer dans

Un homme monta sur le pont, et demanda à remettre un pli urgent au commandant.

les cordages et les manœuvres brisées leur conduite d'air ou leur corde d'appel, et choisir les emplacements favorables pour frapper leurs chaînes à des points d'attache assez robustes pour résister à l'effort et ne pas se briser au moment de la poussée définitive.

La question des scaphandriers était celle qui, à bon droit, préoccupait le plus sir Owen et l'ingénieur. Le commandant de l'*Investigator* avait à sa disposition sept hommes exercés : un marin grec, deux ouvriers civils du Pirée, un matelot du yacht, et trois Français, parmi lesquels Yves Poulpiquet, que l'amiral, sur sa demande, avait mis à ses ordres. Mais quelle que fût leur habitude de travailler dans les fonds, il ne pouvait songer sans effroi à la formidable pression de cinq atmosphères que devaient supporter ces auxiliaires essentiels. Aussi jugea-t-il à propos de faire établir des scaphandres d'un modèle spécial qui pouvaient, suivant lui, neutraliser dans une certaine mesure l'action des couches d'eau, et permettre d'envoyer aux explorateurs sous-marins un air moins comprimé.

On sait que le scaphandre ordinaire est composé d'un vêtement imperméable, serré aux poignets et aux chevilles, de manière à empêcher toute introduction de l'eau. Autour du cou, le vêtement s'ajuste à un collier d'acier portant un filetage. Sur ce filetage on visse le casque en métal, enveloppant la tête, percé d'ouvertures garnies de gros verres protégés eux-mêmes par des grillages. Un tuyau de caoutchouc amène dans le casque l'air respirable refoulé par une pompe, et un évent à soupape assure l'expulsion de l'air vicié. Une corde d'appel arrivant sur la poitrine du plongeur lui permet de faire les signaux nécessaires, soit pour qu'on active ou qu'on ralentisse le travail de la pompe, soit pour qu'on le ramène à la surface. Enfin une masse de plomb suspendue au col comme un énorme médaillon, et des semelles, de plomb également, facilitent l'immersion malgré la résistance de l'eau.

Il est facile de comprendre que, dans ces conditions, la pression de l'air envoyé dans l'enveloppe qui entoure le plongeur doit être équivalente à celle de l'eau qui agit sur elle. Par trente brasses d'eau, le scaphandrier doit respirer sous une pression cinq fois supérieure à la pression normale. Il n'en serait pas de même si l'appareil était conçu de façon à exercer une résistance à la poussée extérieure et à lui opposer une force autre que celle de l'air qu'il emmagasine lui-même.

C'est en vertu de ce raisonnement que sir Owen fut amené à faire fabriquer des scaphandres d'un système particulier. L'étoffe en était composée de trois épaisseurs de toile imperméable, soudées ensemble par un vernis de caoutchouc. Toutes les coutures étaient naturellement imperméabilisées au moyen du même vernis. Jusqu'ici, à part l'épaisseur inusitée de ce triple tissu, rien n'était bien nouveau dans l'appareil. Mais ce qui le différenciait de tout ce qui s'était fait jusqu'alors, c'était l'armature intérieure que le savant anglais lui avait adjointe. Le tissu, en effet, était supporté par une véritable membrure, faite de ressorts d'acier souples et résistants, qui suivaient le contour circulaire du corps et des membres. L'homme devait se trouver protégé par une sorte d'armure capable de résister par elle-même, et sans être soutenue par la pression du matelas d'air intérieur, à la force développée par les couches d'eau. Au premier abord, l'ingénieur avait formulé quelques objections, dont la principale était que cela ne s'était jamais fait, et que, si le procédé eût été bon, les fabricants de scaphandres l'eussent de longtemps employé. Mais sir Owen, chiffres en mains, et appuyé sur tous les livres de mécanique appliquée de la bibliothèque de l'*Investigator*, démontra à son auxiliaire que les tissus solides supportés par des carcasses métalliques pouvaient résister à des pressions beaucoup plus considérables. Et l'ingénieur s'inclina.

Bref, après huit jours de travail surhumain, le convoi de renflouage était prêt pour le départ. Le temps était serein, la mer était calme. A minuit, tout était terminé. Au petit jour on devait appareiller.

Alors, pour la première fois, sir Owen, brisé, descendit dans sa cabine pour dormir. Il venait à peine d'y entrer lorsqu'un canot aborda l'*Investigator*. Un homme monta sur le pont, et demanda à remettre un pli urgent au commandant. Cette lettre, que par une délicate courtoisie le directeur de la poste du Pirée faisait transmettre malgré l'heure à sir Owen, était ainsi conçue :

« Mon cher oncle,

« Dans l'immense douleur qui m'atteint, quelles que soient les causes de la catastrophe qui s'est produite, je n'ai qu'une pensée, la même que vous me témoignez dans votre lettre : retrouver le corps de mon malheureux mari. Je pars demain pour vous rejoindre.

« Votre nièce affectionnée,

« HARRIET DE MALHER. »

Sir Owen fit immédiatement appeler un de ses officiers.

« Lieutenant, lui dit-il, voici un chèque de cinq cents livres. Allez à terre, trouvez un vapeur, louez-le, et donnez mission à son patron de se mettre aux ordres de Mme Harriet de Malher. Dès que ma nièce sera à bord, que le vapeur vienne nous rejoindre près de l'îlot de Syrtos dont vous connaissez la position. Enfin, comme Mme de Malher est en route, et que je ne sais pas, par conséquent, où lui adresser une dépêche, faites déposer dans tous les grands hôtels d'Athènes ou du Pirée une lettre à son adresse lui donnant le nom du bateau qui l'attend. Nous partons à dix heures du matin, lieutenant. Vous avez donc cinq heures devant vous.

— C'est bien, commandant. Ce sera fait. »

A cinq heures et demie, le lieutenant rentrait à bord de l'*Investigator*, et se croisait avec sir Owen qui sortait de ses appartements.

« Eh bien, Monsieur?

— Eh bien, c'est fait : Le steamer que j'ai frété est prêt, et Mme de Malher pourra s'embarquer aussitôt arrivée à bord du *Miltiade*. »

Au soleil levant, le convoi destiné au renflouage du *Sirius* prenait la mer.

Son aspect était absolument étrange, et malgré l'heure matinale, la moitié de la population du Pirée, entassée sur les quais et les jetées, assistait au départ de cette singulière escadrille. Les pontons avaient été divisés en deux groupes de vingt-quatre chacun, réunis par couples grâce à des câbles solides. Chacun de ces groupes était remorqué par un vapeur. L'*Investigator*, en tête, menait le convoi. A ses flancs était accrochée une bizarre ceinture de bouées de toutes les formes et de toutes les dimensions. Il avait fallu prendre de minutieuses précautions pour éviter que, sous l'influence des lames, les pontons ne s'entrechoquassent, ce qui aurait pu rapidement les détériorer et les mettre hors de service. Les câbles d'amarrage qui les reliaient les uns aux autres laissaient entre les couples une assez longue distance. De plus, des défenses en bourrelets de corde garnissaient les parois des caissons flottants, de manière à éviter les collisions. Enfin, à bord de l'*Investigator* et des deux vapeurs, une équipe, se relevant tous les trois heures, veillait continuellement, munie de grappins et d'anspecs, et se tenait prête à mettre à la première alerte un canot à la mer et à y prendre place.

La traversée s'effectua sans encombre, un peu ralentie seulement par le convoi remorqué. On mit trente-six heures à atteindre les parages où le *Sirius* avait sombré. Il s'agissait maintenant de déterminer le lieu exact et précis où se trouvait l'épave. Le champ à explorer était relativement restreint, en raison des repères soigneusement relevés par sir Owen avant de quitter le théâtre de la catastrophe. Mais, étant donnée la profondeur, on eût pu perdre encore un certain temps si l'Anglais, qui malgré ses traversées se tenait au courant de toutes les découvertes scientifiques, n'eût

6

eu l'idée d'utiliser un appareil récemment inventé par un officier anglais, et destiné précisément à la recherche des épaves sous-marines. L'ingénieur français n'avait pas encore entendu parler de cette ingénieuse application de l'électricité. Sir Owen lui en expliqua le principe et le fonctionnement.

« Connaissez-vous, dit-il, le jeu de la pincette, qui fait partie depuis un temps immémorial des divertissements de salon?

— Parfaitement. J'y ai joué souvent, à mes débuts dans la marine, chez le préfet maritime de Lorient. Il s'agit de trouver un objet caché dans la pièce. Une personne tient une pincette et la frappe avec une clef. Lorsque le chercheur approche de la cachette, on frappe plus fort la pincette. Lorsqu'il s'en éloigne, on diminue le son produit.

— Parfaitement; eh bien, nous allons retrouver le *Sirius* de la même façon.

— C'est très simple. Seulement qui est-ce qui nous remplacera la pincette?

— Un téléphone.

— Et qui parlera dans le téléphone?

— Le *Sirius* lui-même. Nous laissons pendre dans l'eau un fil métallique aboutissant à bord à un récepteur téléphonique et, dans l'eau, à une spirale. Celle-ci est placée entre deux autres spirales parcourues par des courants d'induction égaux. Ceux-ci s'annuleront, et l'instrument restera muet. Mais si une masse de fer doux se trouve à proximité d'une des spirales latérales, le courant de celle-ci se trouvera renforcé, l'équilibre sera rompu, et un courant se développera dans la spirale médiane : conséquence, le téléphone rendra un son qui augmentera d'intensité au fur et à mesure qu'on se rapprochera de la masse métallique, c'est-à-dire du navire submergé, et qui deviendra plus faible dès qu'on s'en éloignera. Vous voyez que c'est bien le jeu de la pincette. J'ai avec moi un appareil que j'ai pu faire établir à Athènes, et nous allons l'utiliser immédiatement. »

En effet, l'*Investigator*, laissant plonger les spirales reliées au téléphone, se mit à décrire une série de circuits sur l'aire à explorer, et au bout de très peu de temps on arriva à retrouver l'emplacement du *Sirius*. Un certain nombre de coups de sonde confirmèrent la découverte, et le suif des plombs rapporta des empreintes et de menus débris qui ne laissaient subsister aucun doute.

Dès le lendemain matin, les scaphandriers commencèrent leur périlleuse et difficile besogne. Malgré les perfectionnements apportés aux scaphandres par sir Owen, quatre hommes ne purent pas atteindre vingt brasses de profondeur. Sur les trois autres, deux, le marin grec et un Anglais, parvinrent jusqu'à l'épave, mais durent se faire remonter aussitôt. Seul Poulpiquet put séjourner sous l'eau un quart d'heure de suite, et sir Owen bénit alors sa bonne étoile qui l'avait mis sur son chemin; car sans lui l'opération eût été momentanément manquée, et il eût fallu plusieurs jours pour trouver, ce qui aurait été certainement difficile, des plongeurs doués d'une plus grande force de résistance.

Quand le brave garçon eut été ramené à bord, le sang lui sortait par le nez et par les oreilles.

« Voyez-vous, dit-il à sir Ôwen, c'est parce qu'il y a longtemps que je ne suis pas descendu à de grandes profondeurs. Mais je vais vite m'entraîner. Un quart d'heure pour commencer sous cette pression-là, c'est déjà gentil. Seulement je ne pourrai tout faire à moi seul, il faudra que les camarades s'exercent. Si seulement les cinq qui sont descendus peuvent s'habituer à me tenir compagnie quelques minutes, je crois que nous réussirons; mais ce sera nécessairement plus long que si nous étions beaucoup. En attendant, voici ce que j'ai pu observer : le *Sirius* est presque droit, le nez piqué dans le fond et entré dans le sol, qui m'a semblé d'une nature argileuse. Par tribord, le navire est enfoncé jusqu'à la déchirure que lui a faite l'*Investigator*. Par bâbord son flanc est masqué, très haut, par un pli du fond, qui se relève brusquement en cet endroit, et qui continue en pente dans la direction de l'îlot de Syrtos, auquel il va probablement se raccorder. C'est tout ce que j'ai vu pour aujourd'hui.

— C'est beaucoup, mon brave, répondit sir Owen. Je me souviendrai de vous, soyez-en sûr. Nous allons immédiatement nous mettre à l'œuvre. »

Les deux vapeurs vinrent s'ancrer au-dessus du *Sirius*, et successivement on commença l'immersion des pontons préalablement remplis d'eau. L'opération se faisait au moyen de bigues, sortes de grues rudimentaires établies à bord des vapeurs, et qui permettaient de laisser descendre doucement les caissons à la place voulue. On commença par ceux qui, devant se trouver à l'avant du *Sirius*, pouvaient reposer directement sur le fond, et dont la descente n'exigeait pas, par conséquent, le concours des scaphandriers. Pendant ce temps ceux-ci s'entraînaient. Dès le matin du troisième jour, Poulpiquet pouvait rester une demi-heure à hauteur du *Sirius*. Les deux hommes, qui à la première tentative avaient touché l'épave, supportaient un séjour de huit à dix minutes. Quant aux quatre autres, ils avaient dû y renoncer, et l'un d'eux même, après une nouvelle épreuve, était resté gravement malade.

La position du navire ne permettait pas de passer des chaînes sous sa quille : elles auraient glissé sous l'effort de la traction au moment de la poussée imprimée par les pontons vides. Mais le cas était prévu, et les plongeurs avaient à leur disposition d'énormes crochets et de robustes grappins, qu'ils fixaient partout où la résistance de la coque paraissait capable de subir l'effort. Puis ils reliaient par des chaînes puissantes ces crampons aux pontons, munis eux-mêmes de crocs pour les recevoir. Peu à peu le *Sirius* se garnit d'une couronne de caissons et de bouées. Celles qui devaient s'attacher aux parties plus élevées étaient immergées par les bigues à la profondeur nécessaire. Sur un signal des scaphandriers, en arrêtait la descente au point jugé bon par ceux-ci, et en s'y reprenant à dix fois s'il le fallait, on les attachait aux flancs du *Sirius*. Après huit jours de travail seulement, grâce aux précautions prises par sir Owen et à la perfection de l'outillage qu'il avait créé, cette première partie du travail était terminée.

Il restait maintenant à épuiser l'eau des pontons et à la remplacer par de l'air. Cette partie du travail était pour sir Owen un grave sujet d'inquiétudes. Le savant avait naturellement compris de prime abord qu'il ne pouvait pas se servir des pompes ordinaires pour vider des caissons qui supportaient une pression de cinq atmosphères. Il eût fallu employer soit des pompes refoulantes, soit des turbines, dont l'usage, étant données les circonstances, était impossible. Aussi sir Owen s'était-il arrêté, d'accord avec l'ingénieur, à un système hardi, qui pouvait réussir et le devait même théoriquement, mais dont les résultats étaient aléatoires comme ceux de toute expérience. Les chaudières de l'*Investigator,* établies sous la surveillance minutieuse du propriétaire, étaient d'une force exceptionnelle, bien que le yacht fût, comme nous l'avons dit, un bâtiment mixte destiné à naviguer à volonté à la voile ou à la vapeur. Nous avons eu déjà un exemple de cette résistance lorsque sir Owen avait fait charger les soupapes pour se maintenir à la hauteur du *Sirius* au début de ce fatal voyage. Il s'agissait de tirer parti de cette circonstance, d'amener sous haute pression la vapeur dans les pontons submergés, et de s'en servir pour refouler bon gré mal gré la colonne d'eau dans un tuyau de sortie. La résistance à vaincre étant de cinq atmosphères, il s'agissait d'amener la vapeur dans les caissons à une pression supérieure pour en chasser le contenu.

Restaient à savoir si les caissons eux-mêmes pourraient supporter cette pression. Mais sir Owen les avait fait renforcer intérieurement par des entretoises, extérieurement par de fortes frettes; de plus leur nombre était supérieur à ce qu'il aurait rigoureusement fallu pour déplacer le cube d'eau nécessaire. Le succès de l'opération n'aurait donc pas été compromis par la rupture de quelques-uns des pontons. Le plus difficile était d'y amener la vapeur par un tube à la fois assez souple et assez résistant.

Le savant avait résolu la difficulté du mieux qu'il avait pu, en raison du peu de temps qu'il avait eu pour faire ces préparatifs. Les tubes de raccordement, — il en avait fait faire trois, — étaient composés de six sections variant de deux à douze mètres de longueur, ce qui était suffisant pour leur permettre les ondulations nécessaires. Les articulations étaient formées par des manchons de cuir très épais, revêtus intérieurement de bracelets de cuivre imbriqués, et extérieurement d'un tissu extrêmement résistant formé par plusieurs couches de fils d'acier entre-

Seul, Poulpiquet put séjourner sous l'eau un quart d'heure de suite.

croisés. A chaque extrémité, un manchon fileté permettait l'ajustage au ponton et à la prise de vapeur de la machine, et des colliers de cuir assuraient l'étanchéité des joints ainsi formés. Enfin le tube tout entier était recouvert d'un tissu de corde serré sur lequel était étalée une couche d'enduit isolant destinée à éviter la déperdition de vapeur et à maintenir par suite la pression.

C'est avec une réelle anxiété qu'on essaya le système imaginé par sir Owen. Tout l'équipage des trois navires, monté sur le pont, sur les vergues, sur les pavois, suivait l'opération. On n'entendait pas un mot autre que les commandements. Au moyen des bigues installées à bord de l'*Investigator*, on descendit le tube lentement; puis, quand il fut tout entier déroulé, on en descendit un second destiné à l'expulsion de l'eau, et ensuite à son remplacement par l'air. Dès que les deux tubes eurent été déroulés, les trois scaphandriers plongèrent. En seize minutes ils ajustèrent les filetages aux amorces d'un des pontons, puis ils remontèrent. Le tube de vapeur fut relié à la chaudière, l'autre resta suspendu à la paroi du navire.

« Quelle pression? demanda sir Owen dans le porte-voix de la machine.

— Huit atmosphères, commandant, répondit le mécanicien.

— C'est bien, le tube est bien ajusté à la prise de vapeur?

— Oui, commandant.

— Ouvrez la vanne! »

Sir Owen, ému, tenait la main de l'ingénieur. Tous cinq étaient pâles. La science est si passionnante, que ces deux hommes à ce moment éprouvaient la même angoisse que s'il se fût agi de ramener vivant les trois disparus du *Sirius*. Une minute se passa. L'eau n'arrivait pas par le second tube. Sir Owen commençait à désespérer.

« Courage! lui dit l'ingénieur. La vapeur s'est refroidie au contact de l'eau et se condense en y arrivant. Il lui faut le temps d'échauffer la surface. »

Une autre minute s'écoula. Cette fois sir Owen croyait bien définitivement la partie perdue, lorsque tout à coup un bouillonnement se fit entendre, et du tube s'éleva majestueusement une colonne d'eau de dix mètres de hauteur.

Malgré sa raideur britannique, sir Owen se jeta dans les bras de l'ingénieur.

« Enfin! s'écria-t-il, si je ne puis vous rendre vos trois braves, je leur donnerai une tombe, et je vous rendrai au moins le *Sirius*. »

. . . .

A partir de ce moment le renflouage suivit son cours régulier, sans accident grave. Trois caissons seulement éclatèrent sous la pression, quelques-uns se déformèrent sans se rompre. Tous les autres résistèrent, et à mesure que l'air les remplissait, la position du *Sirius* changeait. Tout d'abord son avant se dégagea de l'alvéole argileux dans lequel il s'était enfoncé, et qui épousait rigoureusement ses contours.

La conséquence de ce mouvement fut qu'il reprit une position à peu près horizontale. En même temps il s'élevait entre deux eaux et revenait à une profondeur inférieure à vingt brasses, ce qui permit aux autres scaphandriers, sauf le malade, de se joindre aux trois ouvriers de la première heure. Poulpiquet passait la moitié de sa vie dans l'eau, dirigeant ses compagnons à l'aide d'un système de signaux qu'il leur avait appris. Aussi le travail marcha-t-il rapidement.

Dès que le bâtiment eut quitté sa position primitive, Poulpiquet en fit le tour. Ce jour-là il se fit remonter précipitamment, et quand on lui eut dévissé son casque, sir Owen remarqua l'expression d'étonnement peinte sur son visage.

« Qu'avez-vous? lui dit-il. Avez-vous fait quelque découverte?

— Oui, commandant, et une découverte bien bizarre.

— Laquelle?

— C'est bien par tribord que l'*Investigator* a abordé le *Sirius*, n'est-ce pas?

— Mais, oui.

— Eh bien, il y a une autre déchirure de la coque par bâbord, un peu plus en arrière que la première. Elle se trouve à la hauteur du troisième compartiment étanche, précisément celui où étaient M. de Malher et ses compagnons au moment du sinistre.

— Elle est grande?

— Très grande : environ un demi-mètre de diamètre.

— Le navire, en sombrant, aura donné contre une pointe de rocher.

— Peut-être...

— Vous n'avez pas l'air d'admettre cette explication?

— C'est que, commandant, elle ne me satisfait pas. L'ouverture a une forme très nette. Elle est carrée. On dirait quasiment que le bateau a été sabordé.

— Allons donc, ce n'est pas possible! C'est probablement une feuille de tôle qui aura sauté tout entière.

— Oui,... c'est possible,... en effet. En y réfléchissant vous devez avoir raison. Dans tous les cas les malheureux prisonniers n'ont pas dû mourir par la lente asphyxie de l'air vicié. Ils ont été noyés dans la soute...

— Ah! mon ami, dit sir Owen, c'est presque un soulagement de croire qu'ils ont péri ainsi.

« Vous n'avez pas essayé de pénétrer par l'ouverture?

— Si, mais je n'ai pu y réussir. Elle est obstruée par un enchevêtrement de matériaux de toute espèce. Il faudrait un très long travail. Je crois que demain le bateau sera à peu près à flot. Il sera plus facile de pénétrer dans la soute par l'écoutille.

— C'est juste. Nous arriverons ainsi aussi vite avec moins de peine. »

Le lendemain, en effet, sous la force ascensionnelle de tous les pontons remplis

d'air, les mâts du malheureux navire émergeaient. Peu après la passerelle et les che-
minées apparaissaient à leur tour, et le *Sirius*, comme si la mer n'avait pas voulu
rendre entièrement sa proie, s'arrêtait à un mètre au-dessous de la surface de l'eau.
Il ne restait plus qu'à consolider la ceinture d'allèges et à remorquer la malheu-
reuse épave vers le Pirée, après avoir retrouvé les morts enfermés dans ses flancs.

Ce fut naturellement Poulpiquet qui se chargea de cette triste exploration.
Devant travailler à une faible profondeur, il revêtit un scaphandre ordinaire, qui
laissait à ses mouvements une plus grande liberté. Puis, muni d'une lampe électrique
sous-marine, d'un levier et de pinces, il descendit dans le faux-pont, après s'être
minutieusement fait expliquer par les officiers du *Sirius* la place exacte de l'écoutille
du troisième compartiment étanche.

Dans le faux-pont, rien n'avait bougé. Il vit encore, fixés au-dessus de sa tête,
les hamacs roulés. Il marchait sur des ustensiles divers, des assiettes et des plats
de fer battu, une bordée ayant été surprise par la catastrophe au moment du repas;
il retrouva facilement le panneau de l'écoutille, hermétiquement clos grâce à ses joints
de caoutchouc. A l'aide de son levier, il parvint à faire jouer les verrous déjà oxydés
par le séjour sous l'eau, et mit à découvert l'entrée du compartiment. L'échelle subsistait, il put pénétrer dans la prison mortelle. A l'aide de sa lampe sous-marine, il
explora du regard le sinistre espace. L'aspect était terrifiant. Tout était dans un indes-
criptible désordre, dans un désordre tel qu'il était impossible de l'expliquer par le naufrage seul. C'était un enchevêtrement de caisses brisées, de barils éventrés, de planches
broyées, qui toutes s'amoncelaient devant le trou carré qui, la veille, avait causé
sa surprise. En poussant plus loin ses recherches, le hardi scaphandrier s'aperçut que
les parties plus éloignées de la chambre avaient moins souffert. Il se mit en devoir de
retrouver les trois corps, mais tous ses efforts furent infructueux; il pensa que, dans
le naufrage, les malheureux avaient dû être ensevelis dans la cargaison déplacée,
et gisaient sans doute sous les amoncellements de barils et de ballots. Il remonta
à bord, et fit part à sir Owen du résultat négatif de ses premières investigations, et,
après avoir pris un peu de repos, redescendit accompagné de deux camarades.

Après six voyages, ils avaient tout visité et acquis la certitude invraisemblable
que les trois disparus du *Sirius* n'étaient plus dans la prison où on les avait murés.

Alors Poulpiquet, après avoir déblayé les abords de l'ouverture carrée, l'examina,
et il reconnut, sans erreur possible, qu'elle avait été faite de main d'homme. D'ailleurs, s'il avait conservé quelques doutes, ceux-ci se seraient évanouis devant
la trouvaille qu'il fit de deux limes, ébréchées et usées, tout près du trou. Il les
remonta, ainsi qu'un des cylindres qu'il avait remarqués parce qu'ils étaient symé-
triquement rangés dans un angle.

Sur le pont de l'*Investigator*, sir Owen et tout le haut personnel, anxieux, attendaient.

« Eh bien? dit l'Anglais.

— Eh bien, commandant, il est inutile de chercher plus longtemps les corps de M. de Malher et de ses compagnons; nous ne les retrouverons pas à bord du *Sirius*.

— Pourquoi?

— Parce qu'ils en sont sortis.

— Que dites-vous?

— Sortis, oui, par l'ouverture carrée dont je vous ai parlé; ouverture qu'ils ont faite avec ceci. »

Et il tendit les limes à sir Owen.

« Mais c'est impossible! ils n'en ont pas eu le temps!

— Ils sont sortis, commandant, et par conséquent noyés.

— Mais comment ont-ils respiré pendant qu'ils préparaient cette terrible tentative?

— Je ne sais pas; mais ils l'ont faite. »

Le regard de sir Owen tomba alors sur le cylindre que Poulpiquet avait rapporté. Il l'examina, et lut sur une étiquette de laiton cet exergue : *Compagnie franco-hellénique de l'oxygène comprimé*. Ces mots furent pour lui un trait de lumière. Il resta pensif un instant; puis, tristement, se tournant vers les officiers qui l'entouraient:

« Messieurs, dit-il, Poulpiquet a raison. Nous ne retrouverons jamais nos malheureux amis, car aujourd'hui la mer seule pourrait nous les rendre. Dans son chargement destiné aux cholériques de Beyrouth, le *Sirius* avait emporté des cylindres d'oxygène comprimé. Enfermés dans cet effrayant *in pace*, les prisonniers ont dû à l'oxygène quelques heures de répit. Ils n'ont pu supporter l'idée d'attendre passivement la mort, et en braves qu'ils étaient, pensant peut-être se trouver à une faible profondeur, ils ont résolu de continuer la lutte jusqu'au bout. Ils ont employé les dernières heures de leur existence à la disputer, par un effort désespéré, à la mort lente qui les attendait. La profondeur à laquelle était le *Sirius* a déjoué cette héroïque tentative. Nos frères sont morts en vaillants hommes et en chrétiens! Dieu aura leurs âmes, et la grande tombe des marins gardera leurs corps. »

Ces paroles furent dites d'une voix pénétrante, au milieu du religieux silence des assistants, qui vivaient en eux-mêmes les angoisses de la lutte suprême soutenue par les victimes du *Sirius*. L'enseigne de vaisseau qui commandait le navire au moment de l'abordage se mordait les lèvres jusqu'au sang pour ne pas pleurer, et de grosses larmes coulaient des yeux du pauvre Poulpiquet jusque sur la grosse toile mouillée de son scaphandre.

DEUXIÈME PARTIE

LA VILLE SOUS-MARINE

I

Depuis trois jours, les prisonniers du *Sirius* étaient confinés dans leur dangereux cachot. Ils s'étaient peu à peu habitués au péril permanent qui les menaçait, et ils vaquaient avec une ardeur facile à comprendre, mais aussi avec un sang-froid parfait, aux préparatifs de leur salut. En vrais marins, ils avaient régulièrement organisé leur existence. Les heures de repos étaient rigoureusement réglées de telle sorte que deux d'entre eux fussent éveillés tandis que le troisième dormait. Les moments des repas étaient également fixés. Les déjeuners et les dîners étaient courts d'ailleurs, car la vie dans cet espace clos n'était pas faite pour développer l'appétit. Mais le docteur s'attachait à ce qu'ils fussent substantiels, et surtout à en varier les menus, ce qui lui était facile avec la quantité et la diversité des conserves empruntées à la cambuse. A plusieurs reprises même, pour vaincre le dégoût qui s'emparait de ses compagnons, il eut recours aux talents culinaires de Halgouët, qui, en bon matelot débrouillard, avait quelques notions de l'art de Carême. On déplaçait pour un instant les cornues du laboratoire, et Quosé s'efforçait de confectionner un plat chaud, qu'il baptisait d'un nom de circonstance : « Langue conservée à la fond de cale, » ou bien « Bœuf salé à la plongeur ». Il arrosait le tout d'une bouteille généralement décorée du nom de « Château-du-Fond » ou de « Clos-Marsouin ». Et il disait à Georges de Malher :

« Mangez donc, commandant; sans quoi M. le docteur va vous ordonner de faire chaque jour trois heures de promenade sur le pont,... et je vous assure qu'il n'y fait pas bon. »

La bonne humeur constante du brave garçon, sa confiance absolue dans le succès, réagissaient, malgré tout, sur les deux autres prisonniers, et ne contribuaient pas peu à entretenir leur courage.

La fabrication de l'oxygène marchait bien; elle était d'ailleurs très simple : il s'agissait seulement de chauffer dans une cornue du chlorate de potasse; mais malgré la dimension de la lampe à alcool, des appareils de distillation, la difficulté avait été de régler la température. Le docteur y était arrivé, comme il l'avait annoncé, au moyen d'un jet d'oxygène amené par un tube de caoutchouc, et projeté dans la flamme par un bec fabriqué avec du zinc pris dans le doublage des caisses. A la vérité, le zinc fondait très rapidement. Mais on en était quitte pour le remplacer, et, Dieu merci, le métal ne manquait pas.

Lorsque tous les réservoirs consacrés à l'oxygène étaient pleins, le docteur distillait de l'eau de mer, provenant de la mince fissure qu'il avait conservée. On battait ensuite cette eau distillée pour l'aérer, et elle servait à la boisson et aussi à la toilette; car l'hygiène la plus scrupuleuse était observée par la petite colonie, et les ablutions d'eau douce souvent répétées rendaient le corps plus dispos et jouaient un grand rôle dans le maintien de la santé.

Enfin le docteur obtint aussi, sans difficulté, de l'hydrogène par la décomposition de l'eau sous l'action de l'acide sulfurique et du zinc, et bientôt il en eut rempli les cylindres qu'il avait réservés spécialement pour cet usage.

Pendant qu'il s'occupait de ses cornues, ses compagnons ne restaient pas inactifs. Halgouët taillait dans la toile caoutchoutée les ceintures de sauvetage et les sacs respiratoires. Il ne possédait pas de ciseaux; mais il avait toujours son « eustache » de matelot, un fort couteau de bon acier qu'il rendait tranchant comme un rasoir en l'aiguisant sur une barre de fer, et à l'aide duquel il coupait très dextrement l'étoffe tendue sur un couvercle de caisse. Il s'était aussi confectionné un fuseau et une quenouille, et après deux heures d'essai il était parvenu, en rappelant les souvenirs de son enfance, à fabriquer avec de l'étoupe, peignée à l'aide de clous, un fil fort grossier, mais très résistant. Quand Quosé était fatigué de tailler, il s'installait pour filer, accroupi sur une pile de barils, les jambes reployées sous lui en tailleur. Et les deux officiers ne pouvaient s'empêcher de rire en voyant avec quelle gravité il se livrait à cette besogne plutôt féminine.

Quant à Georges de Malher, il avait assumé la tâche de préparer la porte de sortie, comme disait le docteur par un aimable euphémisme. Il commença par tracer entre deux membrures un carré de cinquante centimètres de côté sur la tôle. Puis il disposa contre la partie qui devait sauter un étai puissant, formé d'une pièce de bois arc-boutée sur le sol, et destiné à résister à la pression de l'eau, que la tôle limée eût été impuissante à supporter seule. Après quoi il commença cet extraordinaire travail de patience qui consistait à creuser à la lime, sur les quatre côtés marqués, un sillon de huit millimètres de profondeur. La besogne était atrocement fatigante, en raison de la position inclinée dans laquelle il devait se tenir, et de la petitesse des outils. Et puis il y avait un autre obstacle à vaincre : les limes, maniées continuellement sur la tranche au début de l'opération, s'usaient rapidement. C'était grave, car si l'on ne réussissait pas à préparer l'ouverture que l'explosion devait achever, il fallait renoncer à tout espoir. Mais le docteur, avec de courts débris de fleurets dentelés sur leurs arêtes et trempés, fabriqua tout un arsenal d'outils qui permirent d'activer le travail sans mettre les limes hors de service. Toujours avec les mêmes matériaux il fit des burins, qui, maniés au marteau, enlevaient assez facilement de menus copeaux de métal. De temps à autre, Quosé venait relayer le commandant. Le docteur aussi l'aidait parfois. Si bien que le sillon se dessinait, et qu'on pouvait prévoir son achèvement pour le terme fixé.

Un jour, — c'était le sixième depuis le naufrage, — Quosé, qui venait de filer pendant deux heures, déposa sa quenouille, et, s'adressant à Sergeant :

« Monsieur le docteur, dit-il, je n'ai plus rien à faire ; toutes mes ceintures sont coupées, mes sacs sont préparés, et voici une pelotte qui doit contenir dans les trois cents mètres de fil. Je pense que c'est suffisant. Donc, veuillez me donner de l'ouvrage, ou sans cela je serais obligé, bien à regret, de chercher un autre patron. »

A ce moment, Georges de Malher laissa là l'outil dont il se servait, et dit :

« Et moi aussi, mon cher docteur, ma besogne est faite. Mon sillon a partout... dame! au jugé, les huit millimètres de profondeur.

— Eh bien! moi aussi, dit le docteur, qui achevait de remplir d'une poudre blanchâtre plusieurs boîtes à conserves; moi aussi j'ai fini. Nous avons de l'oxygène pour deux jours au moins, de l'hydrogène en quantité suffisante pour remplir nos ceintures; et je viens de terminer la fabrication de l'explosif qui va nous ouvrir la porte. Maintenant il ne nous reste plus qu'à coudre nos appareils et à imperméabiliser les coutures. Voici des aiguilles très suffisantes, que j'ai confectionnées avec du fil de fer aiguisé et trempé. Pour le vernis imperméable, je vais, comme Quosé m'en a donné l'idée, fabriquer du sulfure de carbone, dans lequel nous mettrons à infuser tous les débris de toile caoutchoutée que Halgouët a dû mettre de côté, et quelques morceaux de tuyau de caoutchouc.

— Les voici, dit le matelot en indiquant un tas de chiffons.

Tout à coup le docteur s'arrêta, porta la main à son front, puis chancela.

— Bien. Comme il n'y en aura pas assez, et que nous avons encore de la toile imperméable, nous allons joindre à ces déchets tout ce que nous pourrons d'étoffe coupée en menus morceaux. Tout le caoutchouc se dissoudra dans le liquide nauséabond, et nous obtiendrons ainsi un excellent vernis. Nous en appliquerons plusieurs couches sur les coutures, le sulfure de carbone dissolvant s'évaporera, et le caoutchouc seul restera sur les assemblages de nos appareils de sauvetage. Seulement, cela sentira très mauvais chez nous.

— Bah! dit Halgouët, notre bail va finir...

— Mais, mon cher ami, interrompit le commandant, êtes-vous sûr d'avoir ce qu'il vous faut pour fabriquer du sulfure de carbone?

— Certainement. Nous avons plusieurs barils de soufre, que j'avais emportés pour des fumigations.

— Et du charbon?

— Du charbon aussi. C'est même du charbon choisi, passé au crible, concassé en petits morceaux d'une grosseur presque uniforme, et qui devait servir à faire des filtres. Aussi était-il non dans des sacs, mais dans des caisses. Nous allons les trouver dans quelques minutes. »

Les trois hommes se mirent à chercher. Mais au bout d'une heure, après avoir tout examiné, il fallut se rendre à la triste évidence : il n'y avait pas de charbon dans le compartiment.

— Diable! dit Halgouët, pas de charbon, pas de sulfure de carbone, pas de vernis. Pas de vernis, pas de ceintures, et pas de ceintures...

— Ah! taisez-vous, Halgouët, s'écria le docteur. Il est impossible que nous échouions faute de quelques morceaux de charbon! Cherchons encore. »

On recommença les investigations. On éventra toutes les caisses dont on ne connaissait pas le contenu d'une façon positive. On fouilla même dans les barils. On trouva le soufre, mais pas de traces de charbon. Pour la première fois le docteur commençait à perdre son sang-froid. Ce qu'il éprouvait était plus que du désespoir, c'était de la colère : la colère de l'homme énergique qui a tout calculé, tout combiné, et qui ne peut même pas aller jusqu'au bout de la lutte, parce qu'un obstacle absurde, infiniment petit, surgit sous ses pas au dernier moment; la colère de l'amiral qui perd une bataille parce qu'un signal a été mal compris, du général battu parce que la poudre de ses cartouches est humide, du financier ruiné parce que le facteur du télégraphe a joué aux billes au lieu de lui remettre une dépêche!

« Voyons, dit le commandant, ne vous abandonnez pas, mon ami, vous qui jusqu'ici avez incarné pour nous l'espoir, la confiance et le courage! Il est d'autres substances qui dissolvent le caoutchouc.

— Sans doute; mais je ne m'en souviens plus! Il y a bien vingt ans que je me suis occupé de caoutchouc. Et d'ailleurs, ces substances, les aurions-nous? posséderions-nous de quoi les fabriquer? tandis que, pour le sulfure de carbone, j'étais si sûr!...

— Cherchez malgré tout, mon ami, cherchez. J'ai idée que le Ciel ne nous abandonnera pas.

— Alors c'est vous maintenant qui me remontez le moral! C'est égal, c'est terrible. Avoir réussi à vivre huit jours dans un ponton submergé, à y préparer la plus audacieuse évasion qu'on ait jamais osé concevoir; entrevoir le salut peut-être, dans tous les cas, la grande lutte finale, et se dire qu'il nous faudra sans doute mourir là sans même nous défendre!... »

Le docteur arpentait l'étroit espace comme un fauve en cage.

« Sergeant, mon ami, calmez-vous...

— Allons, monsieur le docteur, disait Halgouët, nous avons surmonté d'autres obstacles. Je suis sûr que vous trouverez, moi. Et savez-vous ce que je conseille? c'est de nous mettre à coudre absolument comme si nous étions sûrs de pouvoir appliquer le vernis sauveur sur nos coutures.

— Allons, répondit Sergeant, vous avez raison, mes pauvres amis. Mais je viens d'éprouver le plus grand désespoir de ma vie...

— Pardon, dit flegmatiquement Quosé, après celui de n'avoir pas vu de choléra! »

Une fois de plus, le brave garçon avait réussi à ramener un sourire sur les lèvres de ses compagnons.

La journée se passa tristement. Les repas furent mornes, malgré les recherches que Quosé s'efforça d'y apporter. Pendant toute la première partie de la journée, le docteur travailla silencieusement avec le commandant et Halgouët. Les trois hommes étaient assis sur des barils, autour d'une table formée d'un grand couvercle de caisse cloué sur un tonneau plus élevé. Ils avaient, en guise des dés à coudre nécessaires pour traverser l'étoffe dure avec des aiguilles rugueuses et grossières, des doigtiers de gros cuir fabriqués avec la ceinture de Halgouët. Ils étaient éclairés par une petite lampe à esprit de vin, établie par le docteur dans une boîte à conserves. Normalement, elle aurait donné une humble flamme bleuâtre et sans éclat; mais ici l'oxygène intervenait encore. Un mince filet de ce gaz était conduit jusqu'à la mèche, qui produisait ainsi un vif éclat. L'appareil étant fixé, on éclairait la partie voulue de la pièce en orientant un réflecteur fait avec une autre boîte de conserves cylindrique développée, et dont l'intérieur brillait comme de l'argent. Le fanal ne servait plus que comme luminaire portatif, et on l'allumait rarement.

A partir de cinq heures du soir, le docteur cessa de coudre.

« Pardonnez-moi, mes amis, dit-il, mais je suis incapable de rester en place. Je me creuserai mieux la tête en circulant. Et puis je ne sais si c'est le chagrin que j'ai éprouvé, mais je ressens une sorte de fatigue.

— Si vous preniez quelque cordial...

— Non, merci. Cela passera en faisant quelques pas.

— Sergeant, je vous en supplie, dit Georges, soyez plus calme... Cherchez tranquillement..., vous trouverez, j'en suis certain.

— Mais vous voyez bien que je suis calme, » répondit brusquement le docteur. En même temps il frappait du pied.

Georges et Halgouët se regardèrent avec inquiétude. Sergeant reprit sa promenade. De temps à autre, il tirait un carnet sur lequel il avait de vieilles notes. Il espérait on ne sait quel hasard impossible, quelque indication providentielle prise depuis longtemps, et consignée sur ce calepin qui ne le quittait pas depuis des années. Et chaque fois il le remettait dans sa poche, pour le reprendre ensuite, pensant que peut-être quelques pages lui avaient échappé. Tout à coup il s'arrêta, porta la main à son front, puis chancela. Halgouët, qui se trouvait à côté de lui, eut juste le temps de le recevoir dans ses bras. Aidé du commandant, il l'étendit sur une des couchettes rudimentaires où ils prenaient leurs courts repos.

« Ah! mon Dieu, disait le Breton, mon Dieu! Pauvre brave homme! qu'est-ce qui lui arrive? »

Georges lui tâta le pouls. Il était un peu médecin, naturellement, comme tous les hommes qui ont charge d'âmes, et que leur profession expose à se passer souvent du concours des hommes de l'art.

« Le pouls est un peu faible, dit-il, mais régulier. Je crois que ce ne sera rien. Où est la trousse de poche?

— La voici. »

Georges l'ouvrit, prit un petit flacon d'éther et en fit respirer à son ami. En même temps, Halgouët introduisait entre ses dents serrées quelques gouttes de tafia. L'effet fut assez rapide. Au bout de cinq minutes Sergeant ouvrit les yeux. Il resta un moment comme encore étourdi, puis il dit:

« Ah! c'est à mon tour de prendre le quart? Vous avez dû avoir de la peine à me réveiller, n'est-ce pas? Je dormais d'un sommeil lourd... J'ai mal à la tête.

— Voulez-vous reposer encore?

— Non, non, c'est mon tour... Mais au fait, reprit Sergeant, qui revenait tout à fait à la notion de la réalité, je ne dormais pas..., je me suis évanoui bêtement comme une marquise. Est-ce imbécile!

— C'est la torture cérébrale, la recherche ardente, l'effort terrible que vous faites depuis ce matin, mon pauvre camarade.

— Oui..., et puis la déception. Mais je vais mieux. Un peu d'eau pour me bassiner les tempes, et ce ne sera plus rien. »

Tandis que Halgouët lui apportait de l'eau dans un quart, le docteur s'était mis sur son séant.

« Mais qu'est-ce que cela sent donc ici? demanda-t-il tout à coup.

— C'est l'éther. Nous vous en avons fait respirer.

— Ah! oui, c'est vrai... Mais, mes amis..., mes amis!... »

Le docteur se leva tout debout, brusquement, les yeux presque hagards.

« Quoi, docteur?... quoi?... s'écrièrent Jean et Georges, de nouveau effrayés.

— Mes amis, l'éther aussi dissout le caoutchouc! »

« Je vois un trou noir, et par ce trou il vient de l'air. »

. . . .

Les trois hommes échangèrent une vigoureuse étreinte, et les larmes leur montèrent aux yeux.

« Vous voyez bien, dit Georges, que Dieu ne nous abandonnait pas! Mais il faut vous remettre tout à fait, mon ami, nous avons besoin de vous.

— Ah! je suis remis, allez, tout à fait. La joie est le meilleur des remèdes, mes enfants.

— Pardon, monsieur le docteur, dit Jean avec un reste d'inquiétude; mais vous savez, il n'y en a pas beaucoup d'éther.

7

— Je le sais, mon brave; mais, pour l'éther, j'ai de quoi en faire, et cette fois j'en suis sûr. Donnez-moi de l'alcool, de l'acide sulfurique... Bien. Maintenant apportez-moi de la chaux éteinte. Il me faudrait du sable pour faire une sorte de bain-marie; mais comme je n'en ai pas, nous prendrons de la chaux. C'est cela. Et maintenant envoyez de l'oxygène sur le fourneau à alcool. Dans quarante-huit heures nous sortirons du *Sirius*. »

. . . .

Le surlendemain, les derniers préparatifs étaient achevés. Il ne restait plus qu'à préparer l'explosion.

On fit, avec tout ce que le compartiment contenait de caisses, de planches et de barils, une sorte de rempart autour du panneau destiné à sauter. Contre le carré découpé, le docteur ajusta la cartouche, combinée autant que possible de manière à ne pas dépasser l'effet voulu. L'inflammation devait être produite par un choc. Pour obtenir le choc, on avait suspendu une masse pesante à une cordelette à laquelle aboutissait une mèche. En allumant la mèche, le feu devait gagner la corde, dont la combustion déterminerait la chute de la masse de fer, et, par suite, l'explosion.

Nus jusqu'à la ceinture, revêtus de leur appareil, la bouche sur le respirateur, les trois hommes se reculèrent jusqu'au fond du compartiment, après avoir déblayé l'espace nécessaire pour atteindre sans obstacle l'ouverture percée. Un fort câble tendu jusqu'à l'endroit où le navire s'ouvrirait devait leur servir d'aide et de guide. Il avait été convenu que Halgouët, matelot, passerait le premier; que Sergeant, officier, passerait le second, et que Georges, commandant, sortirait le dernier. Quand tout fut prêt, le docteur mit le feu à la mèche.

Puis se tenant tous trois la main, recueillis dans une muette prière, ils attendirent.

Cela dura une minute à peine. Mais quelle minute !...

Une explosion terrible éclata. L'amoncellement d'objets se renversa. Le navire trembla. Les trois hommes furent jetés à terre, moulus par le choc, aveuglés par la fumée, mais sains et saufs. Ils se relevèrent, serrant le câble...

L'eau n'entra pas.

. . . .

« C'est inouï ! s'écria Sergeant. Vous n'avez pas assez creusé, de Malher, la paroi a résisté ! »

Alors le commandant prit le falot, qui, protégé par son épaisse armature, ne s'était pas éteint, courut vers la paroi entamée et jeta un cri d'étonnement.

« Qu'y a-t-il ? qu'y a-t-il ?

— La paroi n'a pas résisté... le navire est éventré...

— Mais que voyez-vous alors ?

— Je vois un trou noir, et par ce trou il vient de l'air ! »

II

Rien ne peut donner une idée de la surprise que l'exclamation du commandant provoqua chez ses deux compagnons. En deux bonds ils le rejoignirent et examinèrent à l'aide du fanal la brèche singulière par où l'eau devait entrer et par où pénétrait l'air. Un air humide, imprégné d'une odeur de cave, mais enfin de l'air !

Ils constatèrent que la paroi creusée avait exactement sauté suivant les sillons tracés. Mais la tôle tranchée ne formait pas à elle seule les bords de l'ouverture : au-dessous d'elle se trouvait un matelas de terre argileuse, contre laquelle était appliqué le flanc du *Sirius*. Sous ce matelas apparaissait une croûte de pierre légère et friable, à peu près analogue à la pierre ponce, mais beaucoup plus dense. L'explosion avait arraché la plaque de fer, défoncé l'argile et brisé la croûte de pierre.

Quelques gouttes d'eau filtraient entre le navire et la glaise. Il était facile de prévoir qu'au moindre déplacement du bâtiment, qui remplissait maintenant, devant le trou noir, l'office d'un gigantesque opercule, l'eau devait se précipiter dans la cavité qui s'était ainsi inopinément ouverte.

Le résultat auquel on était arrivé était si inattendu, si contraire à toutes les prévisions, que les trois hommes, éprouvés d'ailleurs par la commotion de l'explosion, restèrent un moment muets et comme étourdis. Georges de Malher, le premier, reprit la pleine possession de lui-même. Il toucha l'épaule du docteur, qui, appuyé contre la paroi, laissant pendre son fanal, cherchait à sonder du regard l'obscurité du caveau.

« Allons, mes amis, dit-il, je crois que nous n'avons pas de temps à perdre. Il s'agit de prendre un parti. L'avant du *Sirius* s'est évidemment enfoncé dans le fond sous-marin. Il est possible que le côté de tribord ne soit pas engagé comme celui-ci; mais ce n'est pas sûr. Allons-nous recommencer notre travail ?

— Nous le voudrions, que nous ne le pourrions pas, répondit Sergeant; mes appareils ont été tous plus ou moins brisés par le choc de la déflagration; nos outils sont dispersés. Et d'ailleurs la plaie que nous avons ouverte là est une menace autrement dangereuse que tout le reste !

— Alors nous n'avons qu'un moyen : une porte nous est ouverte, l'air arrive par cette porte, il y a donc communication avec un point situé au-dessus de la surface de la mer. Le chemin par où nous devons tenter la délivrance, c'est celui-là et c'est le seul.

— Oui, dirent à la fois le docteur et Halgouët, c'est le seul !

— Et si vous le voulez bien, dit Halgouët, c'est moi qui immédiatement vais aller reconnaître l'entrée du souterrain. Cela m'est dû, parce que je suis certainement le plus agile.

— Oui, vous irez, Halgouët; mais nous allons vous aider. »

Les trois prisonniers se débarrassèrent des ceintures faites avec tant de peine et désormais inutiles. Ils rassemblèrent des cordes, les ajoutèrent rapidement les unes aux autres, et en composèrent un câble d'une dizaine de mètres de longueur, que Halgouët s'ajusta sous les bras. Le docteur et le commandant tournèrent le câble autour d'une des membrures, et le Breton, intrépide, son falot à la main, se laissa couler dans l'ouverture. Au bout de très peu de temps, il cria :

« Je suis au fond.

— Où êtes-vous?

— Dans une espèce de cave avec des parois toutes droites.

— A quelle profondeur à peu près?

— Environ à huit mètres. J'ai devant moi une sorte de boyau.

— Large?

— D'au moins deux mètres.

— Et haut?

— Très haut. Je ne vois pas le plafond.

— Pouvez-vous vous y engager?

— Oui, je vais me débarrasser de la corde. »

Cinq minutes s'écoulèrent. Penchés sur le bord du trou, les deux officiers attendaient anxieusement. Il leur semblait que des heures passaient. Enfin ils virent poindre la lumière du fanal au fond du puits.

« Commandant !

— Eh bien?

— J'ai fait une cinquantaine de pas dans le boyau. Il a l'air de continuer très loin.

— Le sol est-il horizontal ? demanda le docteur.

— Non, il va en montant.

— En montant ! beaucoup ?

— Oh ! oui, beaucoup !

— C'est bien, Halgouët; attendez une minute, il est inutile que vous reveniez. Nous allons vous rejoindre. Le boyau va en montant, ajouta le docteur en s'adressant à Georges. Il contient de l'air. Nous n'avons plus qu'à y descendre. Le tout est d'arriver, si la pente continue, à gagner un niveau où la mer ne puisse nous atteindre, avant qu'elle ait pris la même route que nous. Emportons seulement le strict nécessaire : de l'eau, du biscuit, de l'huile pour le fanal. »

Les ceintures imperméables changèrent de destination et se transformèrent l'une en sac, les autres en outres. On descendit le tout à Halgouët, qui le reçut au fond. Le docteur prit encore deux barres de fer qui se trouvaient à sa portée. Enfin il n'oublia pas le reste de sa provision d'explosif, qui pouvait être utile pour supprimer un obstacle. Moins d'une demi-heure après l'explosion, les deux officiers s'affalaient le long du câble et rejoignaient Jean Halgouët.

« Mes amis, dit le commandant, marchons vite. Nous sommes dans l'inconnu. Mais, à tout prendre, cela vaut mieux que le compartiment étanche du *Sirius*. »

Les naufragés se trouvaient dans une sorte de grotte voûtée, de forme grossièrement elliptique, et dont les parois étaient formées de couches irrégulières de cette pierre friable, mais néanmoins d'un grain assez serré, que le docteur avait remarquée à l'orifice du trou. Le sol était jonché de débris tombés de la voûte. En face d'eux, s'ouvrait le boyau relevé par Halgouët. Les trois hommes s'y engagèrent et se mirent à marcher d'un pas rapide. Certes, leur situation était aussi effrayante que la veille. Et pourtant ils éprouvaient, sans oser se le communiquer, comme un vague sentiment d'espérance. Cet air naturel, tout lourd qu'il était; cet air qu'ils respiraient maintenant, et qui venait de la libre atmosphère extérieure, semblait augmenter leurs forces vitales, et c'est avec une sorte de gourmandise qu'ils en remplissaient leurs poumons.

En outre, ils trouvaient un plaisir intense à marcher librement, droit devant eux, sans être arrêtés tous les dix pas par une cloison de fer, et la sensation du mouvement reconquis leur donnait un surcroît de vigueur. Et puis, quand on traverse des épreuves aussi étranges et aussi pénibles, il semble que tout changement apporte avec lui, même dans un inquiétant mystère, un soulagement et un espoir. Aussi les hardis compagnons eussent-ils pu s'appliquer la formule qui revient souvent dans les bulletins militaires, et affirmer que, si leur situation était toujours périlleuse, le moral, du moins, était excellent.

Halgouët marchait devant en élevant le fanal. Déjà on avait parcouru trois cents

mètres environ dans le couloir, et toujours le terrain allait en s'élevant, en rampe raide, au point que la montée, pour ces gens qui vivaient depuis huit jours dans un cachot, devenait pénible. On dut s'arrêter un moment pour reprendre haleine.

« Ah çà ! dit Halgouët, où pouvons-nous bien être ? »

Cette question répondait exactement aux réflexions que se faisaient, dans leur for intérieur, le commandant et le docteur.

« Ma foi, dit celui-ci, ce n'est pas le moment de discuter sur la géologie. Mais, d'après la régularité des parois du couloir que nous suivons, je crois que nous sommes dans quelque grotte sous-marine d'origine volcanique. Vous savez que les cavernes basaltiques forment souvent des chemins

C'était bien une porte, et l'on distinguait parfaitement ses jambages en saillie.

et des chambres d'une configuration presque géométrique. Or n'oublions pas que nous nous trouvons dans l'archipel grec, c'est-à-dire dans une des régions du globe les plus tourmentées par le feu terrestre. »

Le commandant prit le falot des mains de Halgouët et en projeta la lumière sur une des murailles latérales. Elle semblait faite de gros blocs superposés, mais dont les joints disparaissaient sous des coulées de laves et sous des efflorescences calcaires. Partout, sous l'influence d'une humidité pénétrante et des suintements d'eau qui, ruisselant le long des parois, venaient détremper la surface du sol, la pierre s'écaillait et s'effritait. L'hypothèse émise par Sergeant parut plausible à ses compagnons, et comme on n'avait pas le temps de disserter, ainsi que venait de le dire le docteur, on s'en contenta, et l'on se remit en route.

Il était toujours impossible de distinguer le plafond qui recouvrait cette voie étrange. Chemin faisant, le commandant ramassa un caillou, et le jeta en l'air. La pierre heurta le plafond après un temps appréciable. Le boyau devait avoir une dizaine de mètres de hauteur. A plusieurs reprises, il recommença l'expérience et obtint les mêmes résultats. Il venait de la renouveler pour la quatrième fois, lorsque Halgouët, qui cheminait toujours en tête, s'arrêta.

« Tiens, dit-il, une porte !

— Une porte ?

— Parfaitement, et très correcte même. »

Les deux compagnons s'approchèrent. Le Breton ne s'était pas trompé : c'était bien une porte, et l'on distinguait parfaitement ses jambages en saillie et son linteau, dans lequel on pouvait même reconnaître quelques traces de sculpture.

« Ma foi, monsieur le docteur, dit Halgouët, vous en penserez ce que vous voudrez ; mais pour ma part je ne crois plus du tout au basalte.

— Parbleu ! répondit Sergeant.

— Il paraît, dit le commandant, que nous ne sommes pas au bout de nos aventures.

— Eh ! après tout, s'écria le docteur, puisque c'est une porte, franchissons-la, et voyons ce qu'il y a de l'autre côté de cette porte.

— C'est tout indiqué. Passez, Halgouët, » dit Georges de Malher.

De l'autre côté il y avait une sorte de salle, qui pouvait mesurer cinq ou six mètres sur chaque face ; sur la droite se trouvait une seconde ouverture semblable à la première. Il fallait donc traverser en diagonale le réduit pour l'atteindre. Mais cette nouvelle issue était percée dans un mur beaucoup plus épais que l'autre. Le premier soin des explorateurs fut de s'assurer qu'elle n'était pas murée. Ils comptèrent neuf pas, soit environ six mètres, avant de sortir du couloir qu'elle formait, et ils reconnurent qu'elle aboutissait à un carrefour assez large, où des massifs de constructions inexplicables dessinaient une sorte de patte d'oie formant l'amorce de plusieurs voies.

« Il n'y a pas à s'y tromper, dit le commandant ; nous ne sommes ni dans une grotte ni dans quelque carrière ensevelie sous les eaux : nous sommes dans une ville.

— Oui, nous sommes dans une ville, répondit le docteur ; mais comment cette ville, enfoncée au-dessous du niveau de la mer, n'est-elle pas inondée, c'est ce que je ne me charge pas d'expliquer.

— Ni moi, dit le commandant.

— Ni moi, appuya Halgouët. Maintenant, ajouta-t-il, si vous voulez un renseignement un peu plus précis, je puis vous le donner, grâce au falot. Tenez, regardez les sculptures que ma lanterne éclaire dans les deux jambages de granit de la porte. »

Les compagnons s'approchèrent. Le dur granit rose avait résisté à l'action du temps, et sur les faces à peine dépolies du jambage, on discernait facilement deux figures : deux hommes raides, dont le corps se présentait de face et la tête de profil. Ces deux figures tenaient d'une main un bouclier carré, de l'autre un arc et des flèches. Leurs yeux dessinés en amande complète malgré le profil, leur coiffure rappelant celle des sphinx, le pagne serré autour de leurs reins, ne pouvaient laisser aucun doute sur l'origine de ces sculptures.

« Voilà qui est décisif, dit Sergeant. Nous sommes dans une ville égyptienne.

— C'est évident, répondit Georges de Malher ; voyez les jambages de la porte qui vont en s'élargissant vers le bas.

— Et ce linteau qui présente une forme évasée, avec un chaînon de feuilles de lotus, » ajouta Halgouët.

Le commandant et le docteur se regardèrent avec surprise en entendant cette réflexion, formulée du ton le plus simple par le Breton.

« Ah ça, mon brave camarade, dit Georges, vous connaissez donc l'architecture égyptienne ?

— Oui, un peu. Ça serait à mourir de rire si nous étions moins occupés. Le capitaine qui m'a éduqué s'y entendait comme pas un, et il a eu la drôle d'idée de m'inculquer sa science. Je veux bien être pendu si je me doutais que ça me servirait un jour comme qui dirait à relever le point.

— Eh bien, reprit le commandant, il résulte de ce qui nous arrive que les légendes populaires ne sont pas toujours aussi enfantines qu'on veut bien le croire.

— A quelle légende faites-vous allusion ?

— Mais à celle qui a cours dans les îles voisines de l'Archipel, et qui veut que l'îlot de Syrtos ne soit que le dernier vestige d'une île beaucoup plus grande, habitée par une colonie égyptienne, et qui, beaucoup de centaines d'années avant notre ère, aurait été ensevelie sous les eaux à la suite d'une éruption.

Ils défilèrent sous les yeux d'un grand sphinx.

— Comme cela est arrivé en 1862 pour l'île de Santorin, dit Sergeant.

— Précisément.

— La légende ne se trompe évidemment pas, et nous sommes dans l'antique cité de Syrta. Mais j'en reviens toujours à notre interrogation de tout à l'heure : que la ville se soit enfoncée sous les eaux par l'affaissement du sol, c'est naturel et explicable ; mais qu'elle n'ait pas été inondée, c'est ce que je ne puis comprendre.

— Nous aurons peut-être plus tard la clef du mystère. Pour l'instant, il nous faut avancer. Nous avons trois voies devant nous : laquelle allons-nous prendre ?

— Ma foi, dit Quosé, je ne suis pas grand clerc ; mais il me semble qu'il faut prendre celle qui monte le plus.

— Le bon sens l'indique. Seulement une voie peut s'élever pour redescendre ensuite. Je suis d'avis d'explorer, chacun sur un certain espace, les trois chemins qui s'offrent à nous.

— Et de la lumière ? observa le Breton.

— Nous allons en faire, répondit le docteur. La mèche du fanal est longue ?

— Pas trop.

— Eh bien ! nous allons tresser deux morceaux de linge, et faire deux lampes avec deux quarts en fer battu.

— Je n'en ai qu'un.

— Diable ! si nous n'explorons que deux routes, nous allons perdre du temps.

— Ne vous inquiétez pas, monsieur le docteur, dit Quosé. Un lampiste du temps des pharaons a sans doute prévu notre visite, car il a laissé à notre portée un ustensile d'éclairage tout prêt. »

Et tout en parlant, le matelot cueillait dans une sorte de niche située à droite de la porte une lampe antique en bronze, représentant une tête de canard.

« C'est la lampe du corps de garde, dit-il.

— Du corps de garde ?

— Oui, le long boyau que nous avons suivi jusqu'à présent, c'est l'espace qui séparait le double mur d'enceinte de la ville. Les Égyptiens, qui avaient leurs petites idées en fortification et qui aimaient les procédés simples, ne creusaient pas de fossés ; mais ils faisaient deux murs. Pour pénétrer dans leurs citadelles, ils ménageaient entre ces deux murs des chambres dont les portes n'étaient pas dans le même alignement. Nous venons de traverser un de ces réduits. Enfin les deux soldats sculptés là nous édifient sur la destination du bâtiment dont nous sortons. Monsieur le docteur, versons de l'huile dans cette tête de canard, et ajoutons-y une mèche : on n'a pas tous les jours l'occasion de s'éclairer dans une ville égyptienne, avec un lumignon de trois mille ans. »

Les trois hommes se séparèrent, et convinrent de se retrouver auprès de la « porte aux archers ».

« Surtout, recommanda Georges à ses deux compagnons, ne vous engagez dans aucune bifurcation, dans aucune voie latérale. Notons seulement la direction, la pente, et les chances que nous pourrons avoir de trouver le chemin libre. »

Vingt minutes plus tard, le docteur, qui avait suivi la voie du milieu, revenait le premier au rendez-vous. Il était presque immédiatement rejoint par Quosé, qui avait pris la route de droite.

« Eh bien? dit Sergeant.

— Eh bien, la ruelle que j'ai suivie descend.

— La mienne aussi. Mais je suis arrivé à un nouveau carrefour, et je n'ai pas voulu aller plus loin.

— Moi j'ai été arrêté par un éboulement au bout de deux cents pas. Impossible de passer. »

A ce moment Georges de Malher revint; il avait été plus heureux que ses compagnons; la route qu'il avait prise formait un assez long circuit. Mais, après deux ou trois cents mètres parcourus avec peine au milieu des décombres, il avait constaté que le sol allait toujours en s'élevant. De plus, il avait la conviction d'avoir respiré à la fin de son exploration un air moins chargé. Il croyait même avoir senti un instant un léger courant d'air.

Il n'y avait pas à hésiter. Les trois hommes prirent le chemin de gauche, et, marchant péniblement sur les éboulis dont la terre était jonchée, haletants, ruisselants de sueur, mais la foi dans l'âme, ils défilèrent sous les yeux terrifiants et mornes d'un grand sphinx de granit, qui, accroupi comme une bête de proie, ses pattes puissantes allongées, les regardait.

III

Dès que sir Owen, après la remise à flot du *Sirius*, eut acquis la certitude qu'on ne retrouverait même pas, à bord du malheureux navire, les cadavres des victimes, il laissa sur place l'*Investigator*, et revint au Pirée sur l'un des deux légers steamers qu'il avait frétés pour lui servir d'auxiliaires. Il avait donné à son second les instructions nécessaires pour achever le renflouage et mettre le *Sirius* en état d'être remorqué. Sa présence n'était pas nécessaire pour l'instant dans les eaux de l'îlot de Syrtos, et d'impérieux devoirs le rappelaient en Grèce.

Tout d'abord, il était très inquiet de n'avoir pas vu arriver Mme de Malher, dont la venue au moment de son départ lui avait été annoncée comme tellement imminente, qu'il avait fait préparer, on s'en souvient, à son intention, un vapeur, le *Miltiade*.

Ensuite il avait remis entre les mains des autorités maritimes le matelot Thomas Tingle, auteur du désastre du *Sirius*. Or il était le témoin le plus important de l'acte criminel du matelot, et, dans une certaine mesure, il en partageait avec lui, comme commandant de l'*Investigator*, la responsabilité morale. Sans lui, la justice ne pouvait suivre son cours.

Enfin sir Owen désirait prendre immédiatement les dispositions nécessaires pour élever sur l'îlot désert auprès duquel s'était passé ce terrible drame maritime, un monument durable à la mémoire de nos infortunés compatriotes.

En arrivant au Pirée, il reconnut qu'il avait bien fait de se hâter.

Tout d'abord, il apprit que sa nièce, éprouvée par la nouvelle inattendue de la catastrophe qui la rendait veuve, était tombée malade pendant son douloureux voyage, et qu'elle avait dû s'aliter à Vienne. Pendant deux jours, la pauvre jeune femme s'était débattue contre les atteintes d'une congestion cérébrale qui avait failli

Ce curieux discours, prononcé d'une voix très nette, produisit sur l'auditoire une impression profonde.

l'emporter. Le danger était maintenant conjuré. Mais l'état de la malade nécessitait de grands soins, et il fallait lutter surtout contre l'idée fixe qui la possédait de se dérober aux soins dont l'entourait une de ses parentes prévenue par le télégraphe, et d'accourir sur le lieu du sinistre. Par une étrange conception du délire de la fièvre, Mme de Malher s'écriait à chaque minute que son mari était vivant, qu'on ne savait pas le retrouver, et qu'elle seule pouvait le sauver.

On juge si ces mauvaises nouvelles ajoutaient au chagrin de sir Owen. Mais d'autres émotions l'attendaient encore.

Thomas Tingle, à la requête du consul anglais, avait été écroué dans une geôle dépendant des bâtiments maritimes du Pirée, en attendant l'arrivée du croiseur cuirassé anglais *le Nelson*. Aux termes de la législation maritime, le coupable devait, en effet, être jugé par un conseil de guerre réuni soit dans l'établissement anglais le plus voisin du lieu du crime, soit à bord d'un navire de guerre de la marine britannique. Comme le passage au Pirée du *Nelson* était annoncé, on avait résolu de garder le prisonnier jusqu'au moment où ce navire serait en rade, et de le mettre alors à la disposition du commandant. Or, lorsque sir Owen aborda, le cuirassé anglais était mouillé depuis la veille, le matelot avait été immédiatement transféré à bord et mis aux fers, et le commandant avait nommé séance tenante le rapporteur chargé de l'instruction. Dans tous les pays, le caractère essentiel de la justice militaire est la rapidité. Aussi sir Owen ne fut-il pas surpris de recevoir, à peine débarqué, une convocation l'invitant à se présenter sans délai devant le rapporteur, à bord du *Nelson*, non seulement en qualité de témoin, mais encore « pour répondre, s'il y avait lieu, comme capitaine de l'*Investigator*, de l'abordage du *Sirius* par son navire ». Le malheureux savant passait, sans doute possible, au rang d'accusé.

L'affaire, comme on peut le penser, faisait grand bruit, principalement dans la colonie étrangère. Les Français, malgré ce qu'on pouvait savoir du caractère droit et généreux de sir Owen, lui gardaient une tenace rancune. Dans les cercles où se réunissent nos compatriotes, aussi bien qu'à la table d'hôte des hôtels, on épiloguait à perte de vue sur « le fameux système anglais qui consiste à considérer toutes les mers comme une propriété du Royaume-Uni, et à passer sur le ventre des insolents qui se permettent d'y naviguer ». En vain les esprits modérés faisaient-ils remarquer que le propriétaire de l'*Investigator* avait accumulé tous les efforts possibles pour réparer le mal dont il était la cause. En vain mettaient-ils en lumière la douleur éprouvée par le brave gentleman. Le courant était trop fort. Et quand sir Owen passait, absorbé et affairé, dans les rues d'Athènes ou du Pirée, il eût pu remarquer, s'il eût été moins préoccupé, les regards que lui jetaient les Français qui se trouvaient sur son passage.

A plusieurs reprises même, il fut forcé de s'apercevoir, malgré lui, des sentiments qu'il provoquait. C'est ainsi que, entrant un jour dans un magasin, il vit tout un groupe d'acheteurs et d'acheteuses sortir avec affectation sans terminer leurs achats. Trop juste pour ne pas excuser un tel ressentiment, et trop sûr de sa conscience pour se sentir diminué, il supporta stoïquement l'outrage. Mais il en éprouva une douleur cuisante, que son empire sur lui-même fut à peine suffisant à cacher. Il n'avait même pas, en effet, la ressource de se retremper auprès de ses compatriotes, ceux-ci lui en voulant eux-mêmes du mauvais renom jeté sur la patrie, et se laissant volontiers aller, dans leur ignorance des faits exacts, à l'accuser au moins d'inexpérience et d'incapacité. Aussi sir Owen appelait-il de tous ses vœux le jour du jugement.

Le commandant du *Nelson*, de son côté, souhaitait vivement en finir le plus tôt possible avec cette ennuyeuse affaire. L'instruction fut rapidement menée. On envoya chercher à Syrtos les marins de l'*Investigator* dont le témoignage pouvait éclairer l'affaire, et, trois jours après l'arrivée du *Nelson* dans les eaux du Pirée, le conseil de guerre tenait sa séance. Voici la traduction d'un article du journal grec *l'Agora*, rendant compte de cette audience :

UN CRIME MARITIME

L'ABORDAGE ET LA PERTE DU NAVIRE FRANÇAIS *LE SIRIUS*

Hier a eu lieu, à bord du cuirassé anglais *le Nelson*, le jugement des deux personnes accusées d'avoir causé la perte du navire de la marine française *le Sirius*, qui se rendait en toute hâte à Beyrouth pour porter des secours à la population éprouvée par le choléra. C'est sur un ordre exprès envoyé de Londres par le conseil d'amirauté que le conseil de guerre du *Nelson* a été constitué. L'amirauté, en effet, vu les circonstances dans lesquelles le crime a été commis, a jugé que la répression devait être immédiate, et que les missions spéciales confiées par elle à sir Owen Townsend, commandant de l'*Investigator*, lui donnaient un caractère officiel qui le rendait, sans contestation possible, lui et son équipage, justiciables de la juridiction de la marine de guerre britannique.

Le conseil de guerre est composé du capitaine de vaisseau Taylor, président, d'un capitaine de frégate, de deux lieutenants de vaisseau, de deux sous-lieutenants [1] et un officier marinier [2]. Les fonctions de juge rapporteur sont remplies par un lieute-

---

[1] Grade spécial à la marine anglaise. L'insigne est un seul galon faisant une boucle sur la manche.
[2] Nom donné aux sous-officiers dans la marine.

nant de première classe, celles de commissaire du gouvernement et de greffier par deux officiers d'administration.

Le conseil tient séance sur la dunette du *Nelson*, protégée par une vaste tente. Une table recouverte d'un tapis vert a été dressée. Derrière elle, des sièges attendent les juges. A gauche et à droite, deux tables plus petites, l'une pour le greffier, l'autre pour le commissaire du gouvernement. En avant de celle-ci, deux chaises pour les accusés. Au milieu de la table du conseil, une Bible, sur laquelle les témoins prêtent serment. Des fusiliers marins, l'arme au pied, dessinent une enceinte vide, fermée à son extrémité par un câble tendu d'un plat-bord à l'autre. Il est impossible d'imaginer un décor plus simple et en même temps plus imposant que cette salle de tribunal ainsi improvisée, dominée de chaque côté par les tourelles de fer où dorment de gigantesques canons, fermée dans le fond par les larges plis rouges du pavillon britannique, qui se développe sous la brise et fait frémir, en tendant sa drisse, le mâtereau auquel il est attaché.

L'audience devant être publique, une cinquantaine d'hommes, appartenant à l'équipage du *Nelson*, se pressent derrière le câble. Il règne un silence complet, ce silence militaire né du respect de la discipline. Derrière les sièges réservés au tribunal, une trentaine de chaises ont été disposées pour quelques officiers de la marine grecque, les consuls de France et d'Angleterre, un certain nombre de nos magistrats, et enfin des représentants de la presse, auxquels le commandant Taylor a courtoisement accordé l'autorisation de suivre les débats.

A midi précis, un commandement retentit. La garde présente les armes, la cour prend place autour de la table, et les invités, qui jusque-là se sont tenus groupés sur l'arrière, s'installent sur les sièges préparés. Le commandant Taylor, un vieux marin tout blanc, aux yeux clairs et francs, donne l'ordre d'introduire les accusés. Pendant le court intervalle qui sépare cet ordre de son exécution, nous regardons le tribunal. Tous les officiers qui le composent sont en grande tenue. Ils s'efforcent de demeurer impassibles; mais sous le masque de froideur qu'ils s'imposent, et en raison même de cette attitude trop clairement voulue, on sent percer un sentiment de tristesse et comme une sorte d'humiliation à juger, sous les yeux d'étrangers, des compatriotes qui ont engagé l'honneur du pavillon.

Soudain un mouvement se produit : un homme d'un certain âge, grand et droit, serré dans une correcte redingote noire, ganté de gris, fend la foule des matelots rangés derrière le câble. Il s'avance dans l'espace vide, le chapeau à la main, arrive jusqu'à trois pas de la table, salue le tribunal, et va s'asseoir sur une des chaises réservées aux accusés. C'est sir Owen Townsend, propriétaire et commandant de l'*Investigator*, qui comparaît en liberté.

Presque en même temps le deuxième accusé fait son entrée, entre deux matelots le sabre au poing. Thomas Tingle est un robuste gaillard, à face rouge, à barbe rousse. Il marche d'un pas lourd, en se dandinant d'une jambe sur l'autre, et en prenant à chaque pas une solide assise sur le pont, comme s'il se méfiait d'un coup de roulis. Lui aussi salue le tribunal, militairement. Il va ensuite s'asseoir sur la seconde chaise. On remarque alors que, par un mouvement instinctif, sir Owen écarte son propre siège et tourne le dos à son co-accusé. Derrière Thomas Tingle s'avance un aspirant, qui doit présenter sa défense. Sir Owen, lui, a déclaré qu'il se passerait de l'assistance d'un défenseur.

Le président déclare la séance ouverte, et procède immédiatement aux premières formalités. Sir Owen déclare ainsi ses noms et qualités :

Townsend, Richard-Owen, baronnet, membre de la Société royale de Londres, naturaliste, breveté capitaine au long cours, commandant du yacht l'*Investigator*, âgé de cinquante et un ans.

Le matelot se lève à son tour et donne l'état-civil suivant :

Tingle, Thomas-James, ancien matelot de première classe de la marine royale, actuellement naviguant au commerce à bord de l'*Investigator*, âgé de trente et un ans.

Le greffier donne lecture de l'acte d'accusation. Nos lecteurs connaissant déjà les faits par nos précédents articles, il est inutile que nous traduisions ce document. Le seul point à retenir, c'est que, à la suite de l'abordage du *Sirius*, le commandant de l'*Investigator* déposa une plainte en règle contre Thomas Tingle, et que c'est sa qualité seule de commandant du navire abordeur qui l'amène, comme responsable du sinistre, jusqu'à preuve du contraire, devant le conseil de guerre.

L'acte d'accusation, très affirmatif en ce qui concerne le matelot, est moins dur pour le commandant. Mais il l'incrimine cependant très nettement, en attribuant le sinistre à sa négligence.

Après lecture de cette pièce, le président reprend les interrogatoires, en commençant par sir Owen. Celui-ci répond aux questions d'une voix grave et triste, sans phrases, se bornant à établir la réalité des faits. Il constate qu'il a pris toutes les précautions recommandées par les règlements maritimes pour la navigation en temps de brume, et il fait remarquer que, s'il a appelé Thomas Tingle à la barre pendant la brume, c'était précisément parce que ce matelot était un ancien marin de première classe de l'État, qui avait passé trois ans à la timonerie sur les navires de Sa Majesté, et qu'il lui semblait par conséquent plus expérimenté qu'un autre.

Le président passe alors à l'interrogatoire de Thomas Tingle. Le système de défense du matelot a du moins le mérite de la simplicité. L'accusé, en effet, déclare s'être trompé et avoir mal compris l'ordre du commandant. C'est par erreur qu'il a

8

mis la barre tout entière à bâbord, alors qu'il devait la mettre à tribord. Il ne sort pas de là. On sent qu'il a été stylé par son défenseur, qui, obligé de soutenir une mauvaise cause, a tâché d'en tirer le meilleur parti possible.

Malheureusement les témoignages donnent à Tingle le démenti le plus formel.

Ce sont d'abord les propres notes relatives aux aptitudes de l'accusé, notes relevées sur son livret, et dont le président donne lecture. Il résulte de ces indications de service que Tingle est un excellent timonier, qui a donné à plusieurs reprises des preuves réelles de sang-froid. En revanche, elles le représentent comme querelleur et mentionnent, entre autres punitions disciplinaires, un nombre respectable de jours de fer octroyés à différentes reprises à la suite de rixes, principalement avec des marins français.

C'est ensuite un quartier-maître gabier de l'*Investigator*, qui, juché sur le marchepied du grand hunier du yacht peu avant l'abordage, pour rajuster une drisse, avait assisté à toute la scène, et était accouru un des premiers pour prêter main-forte au commandant quand celui-ci avait donné l'ordre d'arrêter le timonier.

Ce sont enfin les marins du yacht anglais qui, la veille du départ du navire, avaient assisté à une querelle entre Tingle et un marin du *Sirius* dans un cabaret du Pirée, et avaient entendu leur camarade jurer qu'il saisirait avec empressement la première occasion qui s'offrirait à lui de couler un bâtiment français. Tous ces braves gens arrivaient les uns après les autres, très attristés d'avoir à accuser un camarade; ils restaient silencieux devant le conseil, tournant leurs bérets dans leurs grosses mains. Puis, quand, la grosse main en question posée sur la Bible, ils avaient juré de dire la vérité, ils parlaient, quelques-uns éprouvant le besoin de s'excuser vis-à-vis du matelot.

« Vous savez, Tingle, cela me chagrine beaucoup de dire ce que j'ai dit; mais c'est la vérité, *poor fellow!*... et j'ai juré de la dire. »

Tingle alors haussait les épaules et répliquait :

« Tout cela ne prouve pas que je n'aie pas pu me tromper, et prendre tribord pour bâbord !... »

Après les témoignages, le commissaire du gouvernement présente son réquisitoire. L'honorable officier déclare qu'évidemment Thomas Tingle était l'auteur responsable de la catastrophe, et qu'il avait, sans doute possible, agi avec préméditation. Son crime, établi par tous les témoignages, était assimilable aux actes de piraterie les plus caractérisés. Mais, suivant le commissaire, la responsabilité de Thomas Tingle ne détruisait pas celle du commandant. Celui-ci, en effet, répondait moralement du choix de ses hommes, et, même en faisant la part des difficultés d'une surveillance continue de l'observation de tous les ordres donnés, il eût dû prendre ses mesures pour qu'à défaut de lui-même un de ses officiers veillât à ce que ses commandements fussent scrupuleusement exécutés. Le commissaire attirait l'attention du conseil sur l'opprobre jeté par un tel crime sur le pavillon, et estimait que le châtiment sévère qui attendait un simple matelot serait impuissant à la laver. En conséquence, il requiérait la peine de mort contre Thomas Tingle, et s'en rapportait à la sagesse du tribunal pour infliger au commandant de l'*Investigator* une pénalité qui, en montrant à tous que l'Angleterre réprouvait hautement de tels actes, donnât satisfaction à la conscience publique.

Sir Owen avait écouté avec le plus grand sang-froid le réquisitoire. Lorsque l'officier eut terminé, il attendit posément que le président lui eût donné la parole. Nous transcrivons en entier sa réponse, d'ailleurs très courte :

« Messieurs, dit-il, je n'ai pas à me défendre. Je ne crois pas que la conscience publique, pas plus que l'honneur du drapeau, exigent d'autre condamnation que celle du coupable. Or, le coupable, c'est le matelot Thomas Tingle. Personne ne me fera l'injure de croire que je me dérobe à une responsabilité en me déchargeant sur un subalterne. Pas plus maintenant qu'au lendemain de la catastrophe, je ne suis un homme qui se défend. Je suis un homme qui accuse, et qui accuse à coup sûr, parce qu'il sait, et parce qu'il a vu. Je me suis présenté devant vous par respect pour les lois de mon pays, par déférence pour les braves gentlemen qui composent le tribunal. J'ai pris cette chaise parce qu'on me l'a désignée. Mais ni la place de cette chaise ni mon respect ne me donnent la qualité d'accusé, que je répudie de toutes mes forces.

« Si j'étais accusé, je ne sais si je me défendrais en chargeant un matelot. Ne l'étant pas, à mon sens, je reste simplement le commandant de l'*Investigator*, qui a fait tout son devoir, qui ne pouvait être à l'abri d'une indigne trahison impossible à prévoir, et qui, au nom de cette même conscience publique, au nom de la bonne renommée de l'Angleterre, qu'invoquait tout à l'heure le ministère public, remplit le devoir douloureux, mais impérieux, de demander le châtiment du traître.

« Je n'ai rien à ajouter, Messieurs. Vous êtes des gens de mer, et vous êtes justes. »

Ce curieux discours, prononcé d'une voix très nette, mais quelque peu vibrante d'émotion, produisit sur l'auditoire une impression profonde. Malgré l'impassibilité des juges, il était visible que cette fierté, cette prétention justifiée à changer les rôles, ce dédain d'une défense à laquelle sir Owen ne voulait même pas descendre, avaient, non pas changé les convictions des membres du conseil, convictions qui devaient être déjà solidement assises, mais donné à leurs sentiments leur formule vraie et, pour ainsi dire, tangible.

La tâche du jeune aspirant qui avait accepté de défendre Tingle était difficile. Il s'en est tiré à son honneur. Il s'excusa d'abord d'avoir à mettre en doute les convictions d'un homme comme sir Owen, et s'attache à soutenir que le commandant de l'*Investigator* avait bien pu se tromper en mettant l'action de Tingle sur le compte d'une idée préméditée. Suivant lui, le matelot avait été victime d'une de ces erreurs fatales, d'une de ces aberrations inconscientes, auxquelles n'échappent pas les praticiens même les plus exercés dans leur métier. Sincèrement il ne croyait pas que la haine, même la plus vivace, pût entraîner un matelot anglais à commettre un pareil crime. Mais, en admettant que Tingle eût obéi à un tel sentiment, en suivant l'accusation sur son propre terrain, il priait le conseil de considérer que son client était une nature inculte; qu'il avait été souvent provoqué par des Français, et que le sentiment qui l'avait guidé, si Tingle était vraiment coupable, était, en somme, une exagération, une sorte de déviation du patriotisme. Il comptait, en conséquence, sur la clémence des juges, et les priait, s'ils estimaient vraiment qu'un châtiment fût nécessaire, de ne pas trancher la vie d'un homme de trente ans.

Après cette plaidoirie, le conseil se retire pour délibérer. Il rentre en séance au bout de dix minutes à peine, et le président, debout, ainsi que le conseil et tous les assistants, donne lecture du jugement qui acquitte sir Owen Townsend, et condamne Thomas Tingle à la peine de mort.

Le matelot haussa les épaules, se tourna vers les hommes de garde, et dit simplement :

« *All right ! Go out* [1] *!* »

En passant devant nous pour réintégrer la prison du bord, il rit d'un large rire :

« Thomas Tingle va être pendu, dit-il; mais il *en* a toujours noyé quelques-uns ! »

Quant à sir Owen, il salua le tribunal, prit son chapeau, et se dirigea vers la coupée du vaisseau. Sur son passage, les officiers de service s'inclinaient; et l'on a beaucoup remarqué qu'au moment où il mettait le pied sur la première marche de l'escalier, le consul de France est venu le féliciter et lui serrer la main.

. . . .

Trois jours plus tard, le journal auquel nous avons emprunté le compte rendu qui précède publiait le court article qui suit, sous ce titre :

ÉPILOGUE D'UN DRAME MARITIME
EXÉCUTION DU COUPABLE

Hier matin a eu lieu l'exécution du matelot Thomas Tingle, convaincu d'avoir volontairement et avec préméditation, causé la perte du navire de l'État fran-

[1] « C'est bien ! Allons-nous-en ! »

çais *le Sirius*, et condamné à mort par le conseil de guerre siégeant à bord du *Nelson*.

Sur le conseil de son défenseur, le misérable avait, dès le soir du jugement, signé son pourvoi en revision. Le conseil de revision ayant été constitué par le commandant du *Nelson* en même temps que le conseil de guerre, le pourvoi put être examiné dès le lendemain. Comme on sait, les conseils de revision n'ont pas à statuer sur le fond même des affaires qui leur sont soumises. Leur mission se borne à examiner la procédure et à constater si les prescriptions de la loi ont été scrupuleusement observées. Or, dans le procès qui s'était terminé par la condamnation de Thomas, il ne pouvait y avoir aucun doute. Le commandant Taylor était d'ailleurs trop expérimenté pour avoir négligé quelque formalité que ce fût. Aussi le conseil a-t-il purement et simplement confirmé l'arrêt des premiers juges.

L'exécution n'a pas eu lieu en rade. Dès le matin, le *Nelson* était parti sous petite va-

Le révérend met sous les yeux de Tingle sa Bible ouverte.

peur et avait gagné la haute mer, dans le but d'éviter les manifestations de curiosité qu'aurait provoquées cet acte de justice, s'il eût été accompli à proximité de la ville. Personne n'a été admis à y assister. Mais, avec quelques confrères de la presse hellénique et quelques correspondants de journaux étrangers, nous avons frété un remorqueur qui a pu rester à petite distance du *Nelson*, ce qui nous a permis, grâce à d'excellentes jumelles, de suivre dans tous ses détails la scène tragique qui se déroulait à bord du cuirassé anglais.

Voici ce que nous avons vu :

Arrivé à cinq ou six milles en mer, le *Nelson* stoppe. La dunette est complètement déserte. La garde, l'arme au pied, rangée face à l'arrière, forme un rideau d'hommes qui barre entièrement son entrée. Successivement on voit arriver le capitaine d'armes, qui, aidé de deux hommes, passe une corde dans une poulie attachée à la pointe de la corne d'artimon ; le commissaire, en petite tenue de service, qui remplit les fonctions de greffier, et lira tout à l'heure sa sentence au condamné ; enfin un civil revêtu d'une longue redingote noire, coiffé d'un petit feutre mou, un livre sous le bras : c'est le révérend John Hardstone, aumônier du bord. En attendant l'heure, il fait les cent pas dans l'espace vide, le menton appuyé sur sa main, l'air triste et méditatif. Au bout de quelques instants, l'officier commandant la garde s'approche et s'entretient avec lui. Quelques autres officiers du bord viennent les rejoindre.

Il est neuf heures. De notre remorqueur nous entendons distinctement, dans l'air très calme, les coups piqués sur la cloche sonore du *Nelson*. Un commandement. La garde porte les armes. Au même instant, un groupe apparaît à l'escalier de tribord de la dunette. C'est le condamné, tête nue, les mains attachées derrière le dos, qui monte, escorté de quatre matelots le sabre d'abordage au poing. Autant que nous pouvons en juger, il gravit sans faiblesse et d'un pas ferme les raides échelons de l'escalier. Il s'avance jusqu'au milieu de l'espace vide. Une batterie de tambours, brève, retentit, ouvrant le ban. Le commissaire-greffier, aux côtés duquel se tient le commissaire du gouvernement, lit la sentence. Nous croyons distinguer, à travers nos jumelles, le tremblement du papier qu'il tient à la main. La lecture, très courte, est saluée à la fin par une nouvelle batterie de tambours fermant le ban.

Les quatre hommes qui gardent le condamné s'écartent alors. Le révérend s'approche, échange quelques paroles avec Tingle, lui met sous les yeux sa Bible ouverte en lui désignant du doigt les versets. Puis il donne une accolade au matelot, et se recule. Le capitaine d'armes met la main sur l'épaule du patient, et le conduit jusqu'au hauban de bâbord. Il monte le premier ; Tingle suit, toujours sans défaillance. Mais, avec ses mains attachées, il ne pourrait gravir les enfléchures sans l'énergique appui de deux aides du capitaine d'armes. Arrivé à mi-hauteur, il s'arrête. On lui passe la corde autour du cou. Un grand cri retentit, une clameur rauque, puissante, dans laquelle nous reconnaissons seulement le mot *Frenchmen,* sans doute une suprême invective, un dernier hurlement de haine à l'adresse des Français. Puis les aides le jettent dans l'espace d'une poussée vigoureuse, et, presque sans convulsion, le corps du criminel se balance à la corne d'artimon du navire.

Justice est faite.

IV

CHEZ L'ORFÈVRE ÉGYPTIEN

La route adoptée par Georges de Malher et ses compagnons n'était pas aisée. A peine le sphinx dépassé, on se trouva dans une sorte de ruelle qui avait dû autrefois être large de trois à quatre mètres, mais que des ruines, s'amoncelant de toutes parts, avaient considérablement rétrécie. Les maisons qui bordaient cette voie avaient été lézardées, éventrées, écrasées. Par endroits, les murailles ne formaient plus qu'un entassement de matériaux soudés les uns aux autres par des végétations microscopiques dont le temps avait fait une sorte de ciment. Ailleurs, de larges déchirures s'ouvraient dans les parois, démasquant des profondeurs noires et mystérieuses, d'où s'échappait un air méphitique et lourd qui faisait bleuir la flamme déjà pauvre des lampes brûlant mal dans cette atmosphère souterraine. Le sol se bosselait en monticules qu'il fallait tourner ou enjamber à chaque instant. Ailleurs encore, on dut passer entre deux murs qui s'étaient inclinés l'un vers l'autre et semblaient se soutenir mutuellement par un périlleux équilibre. A tout instant des pierres se détachaient, des blocs entiers tombaient, arrachés à leurs alvéoles effrités par les siècles, obéissant au simple déplacement de l'air ou aux vibrations provoquées par le pas des trois compagnons, qui n'avaient pas trop de toute leur agilité pour éviter ces chutes dangereuses, qui eussent pu être mortelles. Après une heure de marche dans ces terribles conditions, on n'avait guère gagné que deux cents mètres, en suivant les méandres de la voie tortueuse où l'on était engagé. On montait toujours, il est vrai; mais nul autre indice n'indiquait qu'on fût réellement dans la bonne direction. La ruelle paraissait se prolonger encore à une assez grande distance, autant qu'on en pouvait juger par la sonorité des éclats de voix, qui semblaient se perdre dans des profondeurs inconnues, et ne se répercutaient pas en écho.

Le docteur émit l'avis de prendre quelque repos et de se réconforter en même temps par un repas, quelque frugal qu'il fût. Les trois hommes s'installèrent dans une maison dont la porte ouverte était restée intacte. Ils étaient harassés de fatigue, couverts de sueur, et n'avaient guère le cœur à se livrer à des observations archéologiques. Néanmoins ils furent stupéfaits du spectacle que leur offrait la maison où ils étaient entrés. Elle avait résisté au cataclysme qui avait détruit la ville, et tout y était resté dans un état de conservation presque parfait.

Cette demeure avait abrité jadis un orfèvre. La salle où se trouvaient les marins était à la fois son magasin et son atelier. La maison s'étant affaissée tout d'une pièce, en même temps que le sol qui la portait, sans écroulement ni lézarde dans les murs, l'ordonnance du logis avait été à peine dérangée. A gauche, on voyait encore le four de l'ouvrier, un massif de briques, garni d'un petit mantelet évasé en terre cuite, lui dessinant comme une sorte de réverbère primitif. A côté se trouvaient posés les chalumeaux en fer qui, à cette époque reculée, servaient aux orfèvres égyptiens à obtenir, par le simple souffle de leur bouche sur le fer, la fusion des métaux et des émaux. Ces chalumeaux, à vrai dire, étaient devenus des amas de rouille et tombaient en poussière dès qu'on les touchait. Mais on distinguait encore très bien les lignes générales de leur forme allongée, portant, près de l'extrémité, un renflement qui se terminait par une pointe effilée. Dans un angle, sur un établi très bas, était un tour, portant encore la tige d'argent que l'artiste travaillait au moment du tremblement de terre. A côté, sur le bois à peine vermoulu du support, se trouvait l'archet d'érable que le tourneur manœuvrait de la main gauche pour imprimer à la pièce son mouvement circulaire. La corde seule avait disparu, laissant autour du manche la trace de la gorge creusée par le nœud qui l'y avait attachée. Au milieu de la chambre une table se dressait, un peu basse, supportée par des pieds légèrement inclinés, et reliés entre eux par des X. Deux jarres étaient posées sur la table, et près d'elles, cinq coupes d'argent. A terre, une troisième jarre à fond pointu reposait sur une selle de bois. C'était sans doute la jarre de vin précieux, et le malheureux orfèvre avait dû être surpris par la mort avec ses convives, au milieu d'agapes de fête. Çà et là, des sièges affectant la forme de pliant, deux grands fauteuils de bois où l'on voyait encore des traces d'incrustations d'ivoire et de corne, et dont l'un était renversé. Au fond, une petite armoire de fer, rouillée, piquée comme une vieille épave; et, sur le sol, une dizaine de menus lingots d'or : le trésor de l'orfèvre, que celui-ci avait essayé de sauver dans le désarroi de la fuite, et dont il avait semé une partie.

Et enfin, tout autour, sur une sorte de large cimaise en briques qui faisait le tour de la pièce, tout l'étalage de l'artiste, jetant, sous les lampes des malheureux explorateurs, les étincelles de leur or à peine terni.

On s'assit sur les sièges antiques, autour de la table chargée des amphores du dernier festin de l'orfèvre égyptien.

Telle est la curieuse puissance de l'or, que ces trois hommes désintéressés dans leur existence journalière, incapables d'une pensée cupide, occupés actuellement à disputer leur vie au destin, ces trois hommes harassés et affamés s'arrêtèrent devant ces richesses et s'attardèrent, malgré les effroyables périls de l'heure présente, à se les passer de main en main. C'étaient des plateaux d'or, ciselés d'élégantes rosaces entourées d'hiéroglyphes gracieux; des coupes reposant sur des têtes de chevaux bridés, surmontées de couvercles en pyramide portant sur chaque face une tête de bouc aux cornes recourbées; des cuillers d'une fantaisie étrange, dont le manche représentait un chien tenant dans sa gueule un poisson dont le corps, repoussé en creux, servait de coquille à l'ustensile; des vases de grandes dimensions, rappelant dans leur gracieux dessin les formes pures des amphores grecques, entourés de guirlandes de fleurs de lotus repoussées au marteau, et ayant pour anses des gazelles dressées; puis toute une collection merveilleuse de menus objets: des bagues à cachet, portant sur leur pierre gravée l'hiéroglyphe du maître, qui tenait lieu de signature et faisait foi en justice, ce qui obligeait chaque Égyptien à avoir son sceau; des bracelets en lapis-lazzuli, en cornaline, en feldspath vert, montés sur des treillages d'or et portant sur des plaques les cartouches des destinataires. D'autres bracelets rappelant la facture des émaux cloisonnés, couverts de figures levées en plein dans l'or, le champ étant rempli par une pâte bleue couleur de turquoise ou par des plaques de pierres naturelles de couleur; enfin des agrafes représentant des scarabées aux ailes déployées diaprées d'émaux, ou des têtes d'épervier couplées, des colliers composés de fleurs étranges, de torsades simulant des cordes, et jusqu'à des manches de poignards ciselés, ornés de triangles en cornaline incrustés sur la poignée, et garnis, comme pommeau, de quatre masques de femme en or repoussé.

Quelle que fût leur préoccupation, les visiteurs inattendus de cette collection, vieille de trois mille ans, ne pouvaient se défendre d'admirer le fini et l'ingéniosité de cet art antique, qui avait obtenu de tels effets avec de si grossiers moyens d'exécution.

« Quel trésor pour nos musées, dit le docteur, si, revenant parmi les vivants, nous pouvions apporter ces merveilles!

— Oui, docteur, répondit Georges; mais nous ne le pouvons pas. Prenons ces bagues et ces bracelets, qui pèsent peu et n'encombrent pas, mais laissons là le reste.

— Oui, parbleu, dit Quosé, vous avez raison. Laissons là le reste, quoique ce soit bien dommage! »

En même temps il tournait dans sa main un des menus lingots d'or, gros comme un petit biscaïen, qu'il avait ramassé auprès de l'armoire de fer de l'artiste.

« Ça n'est tout de même pas bien lourd, commandant, ces petits morceaux d'or.

Et, sapristi ! ça s'ajouterait joliment bien à ma retraite, surtout si je la prends comme matelot de deuxième classe, ce qui me pend certainement aux oreilles, en admettant toutefois, ajouta-t-il, que je repasse jamais du rang de taupe à celui de matelot, ce qui n'est pas sûr.

— C'est juste, dit Georges. Mettez ces lingots dans votre poche, mon brave. Vous n'êtes pas riche, et ce n'est pas cela qui nous empêchera de nous sauver.

— Quant au reste, reprit Halgouët, rien ne nous empêchera de revenir le chercher quand nous aurons revu la lumière.

— Pour cela, mon ami, répondit Sergeant, il n'y faut pas compter. Il y a de grandes chances pour que cette maison, qui, par un phénomène encore inexpliqué pour moi, a résisté pendant trente siècles, comme toute cette ville fantastique, à l'invasion des eaux, soit inondée à brève échéance. Et je vous avoue que je suis talonné par la crainte de voir cette échéance arriver d'une minute à l'autre. Étant donnée la nature du chargement du *Sirius*, l'action de l'eau de mer peut provoquer d'énormes dégagements de gaz sous la poussée desquels le navire doit nécessairement se déplacer. Or, s'il quitte même de dix centimètres l'alvéole où il s'est encastré, l'eau nous envahira en quelques secondes. C'est pourquoi je suis d'avis de nous asseoir un moment, juste le temps nécessaire pour nous reposer et manger un morceau de biscuit, et de reprendre ensuite notre voyage. »

Cette observation rappela les compagnons au sentiment de la situation. On s'assit sur les sièges antiques, autour de la table chargée des amphores du dernier festin de l'orfèvre égyptien ; on ouvrit le sac, et l'on se partagea quelques fragments de biscuits dur, trempé dans une petite ration d'eau. Après un quart d'heure à peine, la troupe reprit sa marche pénible.

Tout à coup la montée devint plus raide. En même temps l'aspect de la ruelle changea. On avait à gauche une paroi de rocher brut, non plus des pierres entassées de mains d'homme, mais la véritable roche naturelle ; à droite, une énorme muraille à pic, sans aucune trace de fenêtre ou de porte, mais construite. Une sensation de chaleur envahit les trois marins. La sueur les inonda, l'atmosphère devenait plus lourde. Il leur semblait être dans une étuve. Le docteur appliqua sa main contre la paroi de rocher. Celle-ci était chaude, au point que Sergeant retira immédiatement sa main. En même temps une odeur sulfureuse se répandait dans l'air.

« Allons, dit le médecin avec calme, voilà autre chose.

— Quoi donc ?

— Ce n'était pas assez de nous débattre contre la terre et l'eau, voici que nous avons affaire au feu.

— Au feu ?

— Oui. Avez-vous observé, commandant, que souvent l'îlot de Syrtos, auprès duquel vous avez déjà dû passer avant de vous y arrêter aussi longtemps qu'aujourd'hui, se couronnait d'un léger panache de fumée ?

— C'est possible.

— C'est certain. Eh bien, mon ami, nous longeons en ce moment la cheminée du volcan.

— Et qu'en concluez-vous?

— A vrai dire, pas grand'chose, pour l'instant. Mais cela me fournit la solution d'un des problèmes qui m'intriguaient, à savoir, d'expliquer comment nous avions de l'air. La cheminée auprès de laquelle nous nous trouvons communique évidemment par endroits avec la ville morte ; celle-ci, d'autre part, a certainement un jour sur l'air libre, et la chaleur du feu terrestre détermine un appel d'air.

— Bien, très bien, dit Halgouët. Je suis très heureux de cette explication. Mais que faut-il faire pour trouver « le jour ouvert sur l'air libre » ?

— Il faut continuer, parbleu, et marcher le plus vite possible.

— C'est bien ce que je pensais, » répondit le Breton, quelque peu narquois, et se demandant comment un homme de bon sens comme le docteur pouvait s'occuper à chercher des solutions de problème dans une pareille situation. Il oubliait d'ailleurs, avec cette étonnante logique propre à la nature humaine, que lui-même une heure auparavant s'était occupé de garnir sa poche de lingots d'or.

L'aspect de la route se transformait à chaque pas. Le mur de droite étendait toujours sa façade unie, à peine fendillée par place. C'était probablement la grande enceinte d'un temple. Mais la paroi de gauche se modifiait au fur et à mesure qu'on avançait. Elle avait été brisée, convulsée, entaillée par le cataclysme. Tantôt elle ouvrait un espace large de six mètres, tantôt elle se rapprochait du mur au point que les marins avaient peine à passer un à un. Ici elle laissait voir des veines blanches, cristallines et scintillantes de mica; là de larges traces vertes de minerai de cuivre. Elle devint bientôt entièrement noire, mais d'un noir brillant, reflétant la lumière par mille facettes, comme autant de miroirs sombres, étrangement puissants.

« Tiens! dit le docteur, de la houille!

— Comment! de la houille, dans un terrain volcanique!... C'est invraisemblable.

— Pourquoi? quelque petit lac qui, aux temps préhistoriques, aura accompli sa besogne de transformation sur des végétaux noyés. Et puis, enfin, il n'y a pas à discuter, voyez plutôt. »

Georges de Malher s'approcha, élevant à la hauteur de son visage la lampe égyptienne de bronze prise au corps de garde des archers. Au même instant la flamme vacilla et bleuit.

« Éteignez ! éteignez ! cria le docteur en donnant l'exemple. Éteignez ! et à plat ventre ! »

Georges et Halgouët obéirent instinctivement. Au même instant une explosion terrible retentit, la terre trembla, une révolution nouvelle se fit dans ce sol éprouvé, d'énormes blocs tombèrent de la voûte, et les trois malheureux restèrent gisants sur la terre, étourdis par le choc, les cheveux brûlés, à demi asphyxiés. Ils étaient tombés sur un soufflard de grisou !

Heureusement, l'explosion eut pour effet d'attirer de l'air de la source mystérieuse qui alimentait l'atmosphère de la ville morte. Sous cette influence bienfaisante, les marins reprirent connaissance. On but une gorgée d'eau-de-vie, dont le docteur avait heureusement pris une fiole ; on se remit en marche, à tâtons, et à quelque distance, quand on eut acquis la certitude que l'air était renouvelé, on battit le briquet et on ralluma les lampes.

On constata alors que la route suivie avait été entièrement obstruée

Tout à coup la montée devint plus raide.

par l'effondrement d'une des parois sous l'influence du coup de grisou. En face de soi, on avait une muraille de granit ; à droite, s'ouvrait un chemin longeant la muraille du temple.

Et ce chemin *descendait*.

V

LE MUR DE GRANIT

On tint conseil un instant. La situation était critique : Si l'on s'engageait dans la seule route qui restât ouverte, on perdait le terrain conquis. Et cependant il n'y avait pas d'autre parti à prendre. Peut-être trouverait-on à courte distance quelque carrefour offrant de nouveau une voie montante. Toutefois, avant d'entrer dans la ruelle, on s'assura que le chemin était bien véritablement coupé en arrière. On recula donc de cent cinquante mètres, jusqu'à l'éboulement provoqué par le coup de grisou. Il fallut se rendre à l'évidence. Une énorme masse de roc, que le repos du temps avait seul maintenue en état d'équilibre instable, s'était séparée du talus juste dans un endroit où le chemin se resserrait, et elle le bouchait hermétiquement jusqu'à la voûte. La pierre qu'il eût fallu percer pour revenir sur ses pas avait au moins dix mètres d'épaisseur. Il n'y avait pas à essayer de ce côté même la moindre tentative. Et pourtant le docteur s'obstinait à examiner la nature de l'énorme obstacle. Bien plus, il semblait éprouver une sorte de plaisir à constater que la voie était solidement murée. L'amoncellement des rochers présentait une pente, sur laquelle les irrégularités de la surface permettaient de monter. Il se débarrassa des sacs qu'il portait, et entreprit, la lanterne sauvée du *Sirius* à la main, l'ascension de la butte. Ses compagnons ne comprenaient rien à cette obstination, et lui représentaient que les instants étaient précieux. Ils piétinaient sur place, et un sentiment d'aigreur se faisait jour dans leurs paroles. Halgouët était un esprit simple, discipliné, et certes il avait une confiance aveugle dans ses deux chefs. Georges était un caractère juste et bon. Et cependant si néfaste est l'action de l'infortune persévérante, si mauvais le contre-coup des déceptions continuelles, que ces hommes commençaient à s'irriter les uns contre les autres, et qu'ils avaient besoin de toute leur droiture pour combattre cette fermentation intime. C'était d'une voix impérieuse, presque dure, que Georges criait :

« Allons, Sergeant, revenez. Pas d'entêtement absurde !

— Écoutez donc le commandant ! appuyait Halgouët.

— Patience, patience, » répondait le docteur, suspendu à dix mètres au-dessus du sol.

Et d'en bas on suivait la petite lumière décrivant des méandres capricieux, tandis que son invisible porteur continuait ses mystérieuses investigations.

L'attente dura dix minutes. Halgouët et Georges s'étaient assis. Le commandant tourmentait fiévreusement la terre avec le bout d'une des barres de fer qu'il portait. Quant à Quosé, pour ne pas rester inactif et pour chercher dans un travail manuel un dérivatif à sa colère, il s'occupait à tresser, avec du fil pris à sa chemise, un supplément de mèche pour les lampes. Enfin le docteur redescendit.

« Mes amis, dit-il, vous vous êtes impatientés; mais vous ne m'en voudrez pas quand je vous aurai dit le résultat de mes recherches. J'ai acquis la certitude qu'un second éboulement a eu lieu de l'autre côté de l'étranglement.

— Et que voyez-vous donc là de si heureux? demanda Georges.

— J'y vois, mon cher ami, tout simplement les éléments d'une sécurité relative. Et voici pourquoi : Pendant tout le chemin que nous avons parcouru, j'ai observé que le couloir où nous nous trouvions formait une sorte de tunnel. Presque toujours, du côté droit, nous avons longé d'énormes murailles composées de gigantesques quartiers de roc entassés comme dans les indestructibles constructions pélasgiques ou cyclopéennes de Mycènes. Du côté gauche, il y avait des maisons; mais celles-ci s'adossaient au rocher de la colline qui les abritait : je l'ai remarqué chez l'orfèvre, où la paroi du fond était formée par le rocher lui-même. Or, maintenant que ce tunnel est fermé, et solidement, je vous prie de le croire, l'eau qui entrera par l'ouverture que bouche le *Sirius* ne pourra pas nous envahir, du moins brusquement. Je ne crois pas, à vrai dire, que la digue ainsi opposée à la mer par la providentielle explosion de grisou que nous avons subie résiste indéfiniment. Je suis certain également que l'eau se frayera un chemin à travers les murailles, si solides qu'elles soient. Mais l'inondation ne se produira désormais que sous la forme d'une infiltration plus ou moins rapide, et peut-être aurons-nous le temps d'atteindre la mystérieuse source de l'air libre.

— Dieu vous entende !

— Il nous entendra.

— En attendant, grogna Halgouët, le seul chemin qui nous reste descend.

Il remonte peut-être. Dieu fait bien ce qu'il fait, mon cher ami, répondit philosophiquement le docteur. On se plaint souvent d'un mal qui vous en évite un pire. Si nous n'étions pas ici, nous serions peut-être, à l'heure qu'il est, victimes du choléra à Beyrouth !

— Nous n'en valons guère mieux.

— Soit, mais nous sommes encore en vie. Allons, camarades, pas de découragement, et en route ! »

La petite troupe reprit sa marche et s'engagea dans la ruelle descendante. Le chemin était relativement facile, bordé de chaque côté de murailles qui avaient résisté. Tout en marchant, le docteur s'efforçait de remonter le moral de ses compagnons.

« A propos, dit-il, vous savez que j'ai découvert enfin pourquoi la ville morte n'était pas inondée. En grimpant sur les blocs, j'ai atteint la voûte, et j'en ai reconnu la nature : c'est tout simplement de la lave. Et je m'explique maintenant ce qui s'est passé : au moment de l'éruption la lave s'est répandue sur la ville, dont les dimensions ne devaient pas être très considérables. Par endroits, elle est arrivée brûlante et liquide encore, et a coulé dans les intervalles des ruelles. Ailleurs, elle a ruisselé en cascades épaisses, presque refroidies, qui ont formé d'une maison à l'autre des arcs-boutants, et servi, pour ainsi dire, de charpente à une voûte constituée par le flot des matières ignées. Les cendres ensuite ont recouvert et cimenté toute cette carapace de pierres. Comme nous en avons eu la preuve en examinant la tranche de la déchirure ouverte dans cette cuirasse le long du flanc du *Sirius,* les cendres étaient d'une nature argileuse et ont, une fois détrempées par l'eau, créé à l'ensemble une sorte d'enveloppe qui a bouché les moindres fissures. Et c'est ainsi que, une fois la terre affaissée et la ville entière ensevelie sous l'eau dans son linceul de lave, l'intérieur de cet immense sépulcre a été respecté par la mer.

— C'est plausible, en effet, répondit Georges, et je ne vois pas d'autre explication. »

Après ce dialogue, on chemina silencieusement. Halgouët avait pris le fanal, dont la lumière était plus puissante, et marchait en avant de ses compagnons. Tout à coup il s'arrêta, et les deux officiers le virent revenir sur ses pas.

« Il est inutile d'aller plus loin, dit-il.

— Comment ?

— La route est complètement barrée. On dirait que la voûte s'est abaissée jusqu'au sol. Voyez plutôt. »

Il éleva sa lanterne. En effet, le plafond s'abaissait insensiblement, et à une vingtaine de mètres rejoignait la terre.

« C'est inouï ! dit le docteur. Il faut que nous tombions justement sur une des coulées de laves qui ont pénétré jusqu'au fond des ruelles !

Les marins avaient pénétré dans un immense temple.

— Cette fois, dit Georges, je crois bien que nous sommes perdus. »

Sergeant se tut.

Mais Halgouët intervint :

« Peut-être pas encore tout à fait, dit-il. Dans tous les cas, nous avons encore une chance à tenter.

— Et laquelle ? Nous ne pouvons ni passer par ici, ni revenir en arrière ; et, quant à percer le mur cyclopéen que nous avons laissé derrière nous...

— J'y suis, dit le docteur : Halgouët veut tenter un coup de mine.

— Non, répondit Quosé. D'abord je ne pense pas que tout ce que vous avez d'explosif puisse éventrer une pareille muraille. Ensuite je crois que le résultat d'une nouvelle explosion serait de nous écraser infailliblement.

— C'est juste. Et alors...

— Alors nous avons la ressource de passer par-dessous le mur. »

Georges et le docteur se regardèrent. Ils se demandaient si Quosé était en possession de son bon sens.

« Je ne suis pas fou, reprit le matelot. Seulement vous ne pouvez pas tout savoir, vous autres savants. Moi je n'ai appris que des bribes de choses disparates, j'ai tout retenu. Comme je vous l'ai dit tantôt, le capitaine qui m'a instruit à sa manière m'a donné pas mal de notions sur les Égyptiens, et je m'en souviens comme si cela datait d'hier. Or vous ne vous doutez pas que ces murailles si épaisses, si farouches, si solides, n'ont pas de fondations. Les architectes de ce temps-là campaient tout simplement les assises sur le sol nivelé. En admettant donc que le mur qu'il s'agit de franchir ait trois ou quatre mètres d'épaisseur, c'est tout simplement un boyau de pareille longueur que nous avons à creuser dans la terre. Cette idée m'était déjà venue tout à l'heure, et j'ai inspecté soigneusement la nature du sol en haut de la ruelle où nous sommes. J'ai reconnu qu'elle consistait simplement en terre dure sans doute, mais facile à entamer avec les barres de fer dont nous disposons. Si des prisonniers, comme je l'ai vu jadis dans *Latude ou trente-cinq ans de captivité*, ont pu percer, avec un manche de cuiller, des murs comme ceux de la Bastille, c'est bien le diable si à nous trois, avec de bons leviers solides, nous ne creusons pas rapidement, dans un sol friable, un trou de taupe de quatre mètres de long sur un mètre de diamètre.

— Vous avez raison, Halgouët, dit le commandant. Et c'est peut-être vous qui allez nous sauver tous.

— Chacun son tour, commandant, reprit le Breton. Seulement je ne sais pas si vous vous en êtes aperçu, mais le temps passe.

— Au fait, à quel moment de la journée sommes-nous ? »

On avait naturellement emporté les montres. Celles du docteur et de Georges s'étaient arrêtées au moment du coup de grisou. Seul le vieil oignon de Quosé, plus rustique et plus robuste, avait continué à marcher. Il disait une heure. Il était donc une heure du ma-tin.

On décida de prendre de nouveau quelque nourriture, juste la ration stricte de biscuit et d'eau nécessaire, et de se reposer ensuite, après s'être transporté toutefois sur le point même où l'on devait commen-cer le travail. Il fut décidé que, comme d'habitude, chacun veil-lerait à son tour, pour prévenir ses compagnons en cas de me-nace d'éboulement ou de tout autre danger. Le docteur de-manda à prendre le premier quart. Ses compagnons, brisés de fatigue, s'endormirent aus-sitôt étendus. Quant à lui, sui-vant sa coutume, il se promena de long en large, ne gardant allumée que la plus petite lampe et se livrant à des cal-culs. Au bout d'une heure on eût pu le voir, comme Archi-mède au siège de Syracuse, al-longé à plat ventre sur le sol, sa triste lumière auprès de lui, et traçant sur la terre, à

Et d'en bas on suivait la petite lumière.

défaut de papier, avec un caillou en guise de crayon, des chiffres et des triangles.

Au réveil, il annonça à ses amis qu'il avait à peu près établi la situation où ils se trouvaient.

« J'ai pris, leur dit-il, l'hypothèse la plus défavorable. Le *Sirius*, nous le savons d'après l'hydrographie de ces parages, a dû couler entre vingt et trente brasses de fond. Si c'est par trente brasses, nous devons nous trouver, étant donnés la pente que nous avons suivie et l'espace parcouru, à douze ou quinze mètres au plus au-dessous du niveau de la mer. Trouvons seulement de l'autre côté de ce mur une pente et la voie libre, nous atteindrons rapidement le niveau d'émergence de l'ilot. Là, nous verrons à employer l'explosif pour briser la voûte. »

On se mit à l'œuvre. Au bout de vingt minutes à peine, le levier, sous un faible effort, pénétra sous les assises de la muraille. Halgouët ne s'était pas trompé, la construction n'avait pas de fondations. Mais la terre était plus dure qu'on ne l'avait pensé. A la fin de la première journée, le trou, poussé obliquement, avait un mètre de diamètre, et seulement quatre-vingts centimètres dans le sens de la longueur. En supposant que le mur fût épais de quatre mètres, il fallait cinq jours pour terminer le travail.

On fit l'inventaire des vivres et de l'eau. En se rationnant de la façon la plus sévère, à six cents grammes de biscuit et à un litre d'eau par vingt-quatre heures, ce qui était à peine suffisant, étant donné le labeur auquel on devait se livrer, les marins avaient huit jours devant eux. La besogne ne cessait ni jour ni nuit: au reste, il n'y avait aucune différence entre la nuit et le jour pour ces malheureux ainsi ensevelis sous terre qui s'acharnaient à défendre leur existence; et, sans les montres, sur lesquelles Georges relevait soigneusement les heures écoulées en séparant chaque vingt-quatre heures par un fil noué à une boutonnière, ils eussent très vite perdu la notion du temps. Depuis dix jours, ils avaient disparu de la surface de la terre, et il leur semblait que cet espace de temps avait été une seule journée, effroyablement longue, et entrecoupée de mauvais sommeils.

On avait interverti la proportion des quarts, c'est-à-dire que deux des compagnons travaillaient toujours, tandis que le troisième se reposait. Il fallait, en effet, au moins l'effort associé de deux hommes pour avancer la besogne. Le premier, accroupi dans le trou, détachait la terre avec son levier. Le second emportait au dehors les gravats dans une vareuse qu'il prenait par les quatre coins.

Au bout de cinq jours, on avait gagné les quatre mètres prévus. Mais les leviers, entrés en sonde dans le *ciel* de ce boyau de mine, rencontraient toujours une voûte de pierre. La muraille était-elle donc plus large qu'on ne l'avait pensé ? Le soir du sixième jour, par un effort surhumain, on avait conquis de nouveau un mètre. Halgouët, qui était en avant, heurta le ciel de son levier. Il sentit encore la pierre. Alors, dans un accès de colère, il donna un coup violent sur cette surface de roc qui ne voulait pas finir. La pierre se brisa comme une mince écorce: on était sous un dallage. D'un coup d'épaule, le Breton souleva la dalle et sortit par l'ouverture. Ses compagnons le suivirent: on se trouvait à deux mètres de la muraille. Trompé par le dallage, on avait travaillé trois jours pour rien!

Les marins avaient pénétré dans un immense temple. Tout près d'eux se dressait une gigantesque statue de granit rose, représentant un dieu assis, les mains allongées rigidement sur ses genoux. Les compagnons ne s'attardèrent pas à la regarder. En face d'eux apparaissait une porte. Ils la gagnèrent rapidement, et, de l'autre côté, se trouvèrent dans une nouvelle voie qui montait peu, mais qui montait.

Le docteur prit les devants, pendant que ses amis rajustaient sur leurs épaules les outils et les provisions, hélas! bien diminuées : deux jours de vivres! Soudain il trébucha contre une pierre, et sa lampe tomba.

Comme il se baissait pour la ramasser, ses yeux se portèrent devant lui. Il poussa un cri de stupeur. L'obscurité lui révélait un spectacle étrange, que la lumière lui avait caché jusque-là. A vingt pas de lui s'ouvrait une porte, et par l'encadrement nettement dessiné de cette porte il voyait... de la lumière !

VI

Après le jugement du conseil de guerre qui avait acquitté sir Owen, un revirement s'était fait en sa faveur, et tout le monde voyait en lui maintenant ce qu'il était réellement, un homme malheureux, mais digne de l'estime de tous. Les dispositions de la colonie française s'étaient entièrement modifiées. Le soir même du procès, sur l'initiative des membres de l'école française d'Athènes, une réunion de nos compatriotes eut lieu, et dans cette assemblée on prit la double résolution d'ouvrir une souscription pour élever, à Syrtos même, un monument à la mémoire des victimes du *Sirius,* et d'envoyer une délégation à sir Owen pour lui faire part de cette intention et lui exprimer en même les sentiments de sympathie des Français résidant en Grèce.

La délégation se rendit le lendemain à l'hôtel où habitait sir Owen. Elle se composait de trois notables de la colonie, d'un membre de l'école française et du directeur de ce savant institut, le même qui a obtenu, grâce à sa haute notoriété et à son caractère universellement estimé, le droit de faire à Delphes les belles fouilles qui ont attiré depuis lors l'attention de tous les archéologues.

L'entrevue fut d'une émouvante cordialité. Sir Owen remercia avec émotion nos compatriotes, et leur répondit que, après les épreuves morales qu'il avait traversées, aucune consolation ne pouvait lui être plus douce que la démarche faite auprès de lui.

« En ce qui concerne le monument à élever à la mémoire des victimes, ajouta-t-il, vous me permettrez de m'en charger seul. J'y ai tous les droits, puisque c'est moi qui suis la cause involontaire du malheur que nous déplorons, et aussi parce que, comme vous le savez, M. Georges de Malher était mon parent. J'ai déjà pris mes mesures pour réaliser ce projet. Le monument sera simple et sévère, comme il convient pour honorer le souvenir de soldats morts au champ d'honneur du marin, sur la mer, en accomplissant leur devoir. Il se composera d'une colonne sur laquelle une plaque de bronze, retraçant dans son inscription le récit du sinistre, associera dans une même expression de douloureux regrets la tendresse de la patrie française et la loyauté de l'Angleterre. Je vous supplie, Messieurs, de me laisser la satisfaction suprême de remplir ce dernier devoir. Je crois, d'ailleurs, que vous pouvez néanmoins suivre la pieuse inspiration qui vous a guidés, et rien n'empêche, si vous voulez bien me laisser vous donner un avis, que le monument que vous projetez ne soit élevé dans l'enceinte même de cette admirable école française, qu'apprécient à un si haut degré tous les lettrés du monde. Les victimes recevront ainsi un double hommage. Le mien, sur l'îlot grec témoin de la mort de ces braves, sera la réparation publique de mon pays; le vôtre, sur ce coin de terre française que représente l'école, sera le témoignage de l'intime douleur du vôtre. J'espère que vous ne vous opposerez pas à ce que les choses se passent ainsi ?

— Les sentiments que vous nous exprimez, Monsieur, répondit le chef de la délégation, sont trop nobles pour ne pas trouver un écho dans nos cœurs. En ce qui nous concerne, nous nous inclinons devant vos raisons ; nous rendrons compte de vos intentions à ceux qui nous ont envoyés, et nous croyons pouvoir d'ores et déjà vous répondre qu'il sera fait suivant vos désirs. »

De nombreuses visites isolées succédèrent à la démarche collective de la colonie française. Mais sir Owen, qui avait à s'occuper d'autres soins, confia à l'un de ses amis le soin de les recevoir, ainsi que la besogne de répondre aux reporters de journaux locaux et aux représentants de la presse étrangère, qui se pressaient à sa porte pour l'interviewer.

Mais ceux-ci ne se tenaient pas pour battus. Ils l'attendaient au coin des rues, le surprenaient au restaurant, le guettaient dans les bureaux de la maison de banque où il recevait des fonds. Il en trouva dans l'escalier du consulat de France, à la porte de la légation d'Angleterre, dans la boutique du marbrier auquel il avait commandé le monument. Il en vit surgir chez le fondeur qui devait exécuter la plaque de bronze, à la direction du port du Pirée, jusque dans une maison de bains. Et enfin, en déposant une dépêche au guichet du télégraphe, il entendit avec stupeur l'employé lui dire de son air le plus gracieux:

« Sir, je suis, en même temps que fonctionnaire, rédacteur au *Messager d'Athènes*, et vous ne m'en voudrez pas de saisir l'occasion inespérée qui s'offre à moi de vous demander vos impressions pendant le procès, à l'issue duquel nous avons tous applaudi ? »

On conçoit que devant cette obsession le commandant de l'*Investigator* avait une hâte encore plus grande de se dérober aux manifestations, quelque sympathiques qu'elles fussent, et de retourner à Syrtos pour en finir avec la douloureuse mission qu'il s'était donnée. Aussi, dès le lendemain soir du procès, revint-il au Pirée, après avoir terminé, avec son activité ordinaire, tout ce qu'il avait à faire à Athènes. Il comptait, le lendemain matin, prendre les dernières dispositions avec la direction du port pour que, dès l'arrivée du *Sirius* renfloué, ce navire pût être mis en cale sèche et réparé, et il avait donné des ordres pour que le petit steamer qui l'avait amené fût prêt à prendre la mer.

Effectivement, le lendemain matin, à onze heures, il avait résolu toutes les difficultés, et il se préparait à rentrer déjeuner rapidement à l'hôtel avant de partir, lorsqu'on vint le prévenir que sa nièce était arrivée et l'attendait.

La pauvre jeune femme allait mieux, et avait immédiatement voulu reprendre son voyage. Nous ne raconterons pas l'entrevue de sir Owen et de sa nièce. On peut juger de ce qu'elle eut d'infiniment douloureux. Pour sir Owen, c'était la dernière étape du chemin de tristesses qu'il suivait depuis trois semaines. Elle fut encore plus poignante que les autres. Dès les premiers mots, sir Owen constata que Mme de Malher était toujours en proie à l'idée fixe que son mari n'était pas mort, et il dut entreprendre

Les reporters de journaux ne se tenaient pas pour battus. Ils l'attendaient au coin des rues.

Ils voyaient avec étonnement que cette dame, si gracieuse en ses vêtements sombres, blessait aux aspérités rudes de la route ses pieds entièrement nus.

la triste tâche de raisonner son malheur, de manière à lui faire comprendre que son infortune était irréparable. Mais il se heurta à une conviction enracinée d'autant plus inébranlable, que, ne reposant sur aucune déduction, puisant sa force dans un mystérieux instinct, elle ne se laissait entamer ni par les arguments ni par les faits. A tout ce que lui disait son dévoué parent, Mme de Malher répondait, les yeux au ciel, avec douceur, mais avec une fermeté étrange :

« Que voulez-vous, mon oncle ! C'est une foi, et la foi ne se discute pas. »

C'était si bien une foi, que la jeune femme pendant sa maladie avait fait un vœu : celui d'aller, avant de s'embarquer, dans le dernier sanctuaire catholique qu'elle trouverait sur sa route avant de partir, demander à Dieu de lui rendre son époux. Et elle avait ajouté à ce vœu une aggravation qui devait témoigner de sa foi et de son humilité de chrétienne.

Au Pirée, il n'y avait aucune église catholique. Le seul temple qui pût recevoir sa fervente prière était une petite chapelle privée, dépendant du château de M. A..., ingénieur français fixé dans le pays, et qui, ayant réalisé une jolie fortune dans la construction des phares helléniques, s'était fait bâtir, le long de la falaise, à trois kilomètres du Pirée, une belle habitation. Un exprès alla lui demander, de la part de Mme de Malher, la permission de venir dans la journée prier en cet oratoire, et l'autorisation fut accordée par notre compatriote avec le plus courtois et le plus respectueux empressement.

A trois heures, la jeune femme quitta l'hôtel où elle était descendue. Elle portait, avec son élégance naturelle, une très simple toilette noire, mais non pas une toilette de deuil. Car, ne croyant pas à la mort de son mari, elle s'était refusée à se vêtir en veuve. Malgré sa jeunesse et la souplesse de son allure, elle semblait marcher péniblement, et pourtant elle refusait de s'appuyer sur le bras de sir Owen, qui l'accompagnait. Les passants s'arrêtaient et regardaient cette femme, jeune et belle, qui paraissait, l'air inspiré et calme, les yeux baissés dans l'attitude de la prière, avoir tant de peine à suivre sa route. Ils devinaient quelque chose d'étrange dans l'apparente promenade de cette étrangère. Et lorsque, presque à chaque pas, elle trébuchait sur les cailloux du chemin, lorsque son pied apparaissait sous le bord de sa robe, ils voyaient, avec un étonnement impossible à décrire, que cette dame, si gracieuse en ses vêtements sombres, blessait aux aspérités rudes de la route ses pieds entièrement nus.

Sir Owen, malgré lui, était pénétré d'une admiration émue pour cette confiance obstinée, dans laquelle il ne voyait que la manifestation émouvante d'une touchante folie. Par instants, — tant est contagieuse la foi, — il en arrivait à se demander lui-même si, par quelque inexplicable miracle, les disparus ne vivaient pas encore ! Il était obligé, à son grand étonnement, de faire appel à sa raison pour répondre à ce doute qui s'élevait en lui. Tout en haussant les épaules devant cette absurde et vague espérance, qu'il ne s'attardait même pas à vouloir définir, et qui pourtant appelait le démenti du raisonnement, il s'associait à la pieuse démarche de sa parente. Il éprouvait je ne sais quel besoin de s'imposer, lui aussi, à côté de cette chrétienne qui meurtrissait ses pieds nus aux ornières, une souffrance sœur de la sienne, et c'est le chapeau à la main, le chaud soleil de l'automne d'Orient tombant sur sa tête grise, qu'il marchait le long de la haute falaise, d'où leurs regards à tous deux dominaient la mer bleue, où la jeune femme s'entêtait à ne pas voir un tombeau.

Le soir même, Mme de Malher et sir Owen partaient pour Syrtos, où ils arrivèrent aux premières lueurs de l'aube.

Le personnel laissé sur place par le commandant de l'*Investigator* avait mis le temps à profit. Le *Sirius* était entièrement à flot, et il eût presque pu se soutenir sans le secours des allèges qui l'entouraient, comme une immense ceinture de sauvetage. Poulpiquet et les plongeurs avaient bien travaillé. L'énorme déchirure faite près de l'avant du *Sirius* par l'étrave de l'*Investigator* avait été aveuglée provisoirement de manière à assurer une étanchéité suffisante. La besogne n'avait pas été facile, étant donné que la coque du navire était en fer, qu'on ne disposait pas de l'outillage nécessaire pour appliquer un doublage métallique sur la blessure, et qu'on ne pouvait pas planter des clous comme sur une coque de bois. Mais l'initiative de l'ingénieur français et du second de sir Owen avait suppléé à l'insuffisance des moyens. A l'intérieur du *Sirius,* on avait posé sur la déchirure un placard composé de dix doubles de forte toile à voile cousus ensemble avec du fil graissé. A l'extérieur, on avait pratiqué la même opération.

Entre les deux placards, on avait pressé une épaisse couche d'étoupe suiffée. Puis on avait piqué ensemble les deux placards et l'étoupe, comme un matelas de lit. Après quoi on avait disposé, en dedans et en dehors, un treillage d'épaisses lattes de bois, de telle sorte que la charpente intérieure fût reliée à l'extérieure par de fortes vis traversant toile et étoupe, et les comprimant entre les deux bâtis.

Le trou carré percé par les marins emprisonnés dans la cale avait été bouché de la même façon. Les pompes avaient alors pu faire leur œuvre, et le malheureux navire, vidé de l'eau qui l'avait envahi, bouleversé de fond en comble, les cloisons étanches enfoncées presque partout, la machine rouillée, les boiseries des cabines disjointes, mais en somme relativement peu éprouvé par cette terrible catastrophe, pouvait, après de grosses réparations, être rendu à la France.

Sir Owen, satisfait de ce résultat, accorda des gratifications généreuses à tous ceux qui avaient pris part au renflouage, remercia avec effusion l'ingénieur français, et décida que dès le lendemain les deux steamers remorqueraient le *Sirius* sur les côtes de Grèce.

L'un d'eux devait rapporter les matériaux et ramener le personnel nécessaire à l'érection du monument. En attendant, on choisirait l'emplacement et on creuserait les fondations. Sir Owen estimait qu'il devait prendre, au point de vue de l'endroit où devait s'élever la colonne, l'avis de Mme de Malher. Dans la disposition d'esprit où elle était, il prévoyait qu'elle se refuserait à intervenir : le monument n'était-il pas presque une tombe, et Mme de Malher ne croyait-elle pas son mari vivant ? Il obéissait simplement, en abordant avec elle ce sujet, à ce qu'il considérait comme un rigoureux devoir.

A sa grande surprise, Mme de Malher lui répondit :

« Je vous remercie. Si vous le voulez bien, demain nous descendrons à Syrtos, et nous choisirons ensemble l'emplacement. »

VII

On se ferait difficilement une idée de la surprise, — on pourrait presque dire de la terreur, — que provoqua chez les hôtes de la ville morte la vue de cette porte, dans l'encadrement de laquelle on apercevait de la lumière. Le fait était si invraisemblable, si incroyable, qu'aucune hypothèse ne se présenta tout d'abord à leur esprit pour l'expliquer, et qu'ils éprouvèrent un sentiment de surprise qui confinait à la peur. Avant d'aller plus loin on éteignit les autres lampes, qui, allumées, ne laissaient plus voir ce phénomène. Il n'y avait pas à s'y tromper, on ne pouvait pas croire à une erreur des sens : on voyait très distinctement une lueur, faible assurément, semblable à celle qu'eût pu jeter, dans un *in pace*, la lampe mourante d'une victime condamnée à l'enfouissement, mais néanmoins parfaitement perceptible. La chambre ainsi éclairée recevait-elle donc un reflet indirect de la lumière extérieure ? C'était la seule explication admissible. On battit le briquet, on ralluma les lampes, et avec un poignant battement de cœur, on se dirigea vers l'ouverture.

La porte donnait accès dans une très vaste pièce, et au premier examen il fut facile de constater qu'elle n'offrait aucune autre issue par où pût s'introduire un rayon quelconque de la lumière du jour. Cette pièce était encombrée d'un entassement d'objets de formes singulières, et dont il était difficile au premier examen de déterminer la nature. En regardant plus attentivement, les marins reconnurent à leur gauche de grands amas de bois, disposés en édifices réguliers par couches de planches croisées les unes sur les autres. A droite, des sortes de caisses, affectant des formes arrondies et bizarres, étaient également empilées avec méthode. Le long des murs, des caisses semblables se dressaient, appuyées aux parois, donnant comme la vague impression de formes humaines plus grandes que nature. Les trois hommes comprirent qu'ils étaient dans l'atelier d'un menuisier qui avait eu, trois mille ans aupa- ravant, la spécialité de fabriquer les cercueils et les sarcophages. Le lieu était lugubre, et, dans la situation où se trouvaient les marins, le spectacle de ces cercueils, qu'un cataclysme avait privés des hôtes attendus, n'était pas fait pour relever leur courage. Aussi se hâtèrent-ils de quitter la demeure du menuisier, dès qu'ils eurent acquis la preuve que la lumière entrevue ne venait pas du dehors. Toutefois ils tinrent à s'ex- pliquer auparavant l'étrange phénomène qui leur avait causé un instant de surprise et leur avait donné une minute d'espérance sitôt déçue. Ils prirent le parti d'éteindre de nouveau les lumières, et s'aperçurent alors que les effluves lumineux provenaient d'une pile de bois attaqué par l'humidité provenant de quelque invisible infiltration, à demi carbonisé par cette action et celle du temps, et dont les arêtes présentaient, dans de nombreux endroits, des zébrures phosphorescentes. Quosé se rappela avoir observé le même phénomène, dans son enfance, sur des troncs d'arbres qui avaient fait un long séjour dans une mare ou sur des épaves rejetées par la mer sur les côtes de son pays de Bretagne. Dès que les lampes furent rallumées, la phosphorescence disparut, et l'on reprit son chemin avec une déception de plus.

La route continuait à s'élever, presque insensiblement. La pente n'était plus guère que de quelques millimètres par mètre, et même, dans certaines courbes, le terrain n'offrait qu'un palier horizontal. De temps à autre on devait déblayer le passage, encombré par des blocs de lave tombés de la voûte ou par des éboulis des parois latérales. Il fallait beaucoup de temps aux trois hommes, fatigués par la lutte soute- nue depuis si longtemps, mal réconfortés par une nourriture insuffisante et peu substantielle, pour se frayer une voie. Aussi ne gagnèrent-ils, pendant les dernières heures de cette journée, qu'une centaine de mètres au delà de l'atelier du menuisier. A neuf heures du soir, ils arrivèrent au bout du chemin ; à cet endroit, un nouveau barrage les attendait : une muraille, formée de coulées de lave, une sorte de grille à barreaux énormes, irréguliers, et presque soudés les uns aux autres comme un faisceau de stalactites pressées et enchevêtrées sous l'effort de l'intense chaleur volca- nique qui les avait fait ruisseler jusqu'au sol. Au milieu, elles laissaient entre elles une fissure, trop étroite pour livrer passage à un homme, mais qu'il était possible d'agrandir, si la pierre n'était pas trop dure.

Georges proposa de procéder immédiatement à l'opération ; mais Quosé et le doc- teur étaient absolument surmenés.

« Reposons-nous quelques heures, mon pauvre ami, dit Sergeant. Je vous affirme que, malgré toute mon énergie, je suis complètement incapable de manier un outil. Halgouët est comme moi, et vous-même, malgré votre courage, vous ne pourriez fournir un effort suffisant.

Le lieu était lugubre et pas fait pour relever leur courage.

— Mais songez que, même en diminuant notre ration d'eau et de biscuit de moitié, nous n'avons pas pour quarante-huit heures de vivres !

— Je le sais ; mais il vaut mieux, malgré tout, emmagasiner un peu de force dans nos corps affaiblis.

— Soit, dit le commandant, reposez-vous. Moi je suis moins fatigué, je vais veiller.

— Je vous relèverai dans deux heures, commandant, » murmura Halgouët, qui, étendu sur la terre, la tête sur une pierre, était déjà envahi par le sommeil.

Dès que les deux compagnons furent endormis, Georges s'empara d'un des leviers de fer. Il prit la petite lampe faite avec un quart de fer battu, la posa près de l'obstacle, et se mit en devoir d'attaquer une des stalactites qui bordaient la fissure centrale. En brisant cet obstacle, l'espace ouvert devait être suffisant pour livrer passage à un homme se présentant de côté.

Au moment où il se préparait à donner son premier coup de levier, il observa avec étonnement que la petite flamme de sa lampe vacillait. Or il était assez loin d'elle pour ne pas pouvoir attribuer cette oscillation au déplacement de l'air provoqué par lui. Pour s'en assurer, il resta complètement immobile : la petite lampe continua à vaciller.

Georges s'approcha alors de l'ouverture du milieu, et sans doute possible il reconnut que par cette issue il arrivait de l'air, non plus l'air lourd et méphitique respiré jusque-là, mais un air frais et pur, et dans lequel les sens du marin retrouvèrent avec délices le vivifiant parfum des émanations salines. De cet air qui lui semblait un miraculeux messager de vie, il emplit ses poumons. Puis il réveilla ses compagnons, engourdis dans leur lourd sommeil, les força de se lever et les amena vers l'orifice. Il n'eut besoin d'ajouter aucune explication à cet acte, tous deux s'écrièrent :

« L'air ! l'air de la mer ! »

Ils s'emparèrent des leviers, et en moins d'une heure les efforts réunis et décuplés des trois hommes eurent raison de l'obstacle.

Ils franchirent l'issue, et se trouvèrent dans une immense grotte, sorte de soufflure, de bulle gigantesque, emprisonnée, au moment du cataclysme, par un dégagement puissant de gaz, dans la masse incandescente des laves. Au-dessus de leur tête, l'action du temps avait effrité la roche ignée, et une large ouverture circulaire apparaissait à une quinzaine de mètres de hauteur. Sur les bords de l'ouverture on voyait les silhouettes noires découpées des touffes de tamaris qui s'inclinaient vers elles et au-dessus, sous l'influence du vent qui agitait leurs tiges et qui se faisait sentir jusqu'au fond de la caverne, de grands nuages blancs passaient. Les trois compa-

gnons, muets, n'osant croire à ce rêve, regardaient passer ces nuages ; et quand le
long ruban d'argent se fut déroulé, quand le bleu sombre du ciel se révéla sous sa
dernière déchirure, des points brillants scintillèrent à la voûte céleste, et le docteur
s'écria :

« Le ciel, mes amis ! les
étoiles !

— Oui, les étoiles, répondit Georges. Et, tenez, docteur,
tenez, Halgouët, reconnaissez-
vous cette constellation, ce triangle d'astres dont le sommet
est pointé par la plus brillante
étoile du ciel ? Ce triangle est
la constellation du Grand Chien,
mes amis, et l'étoile resplendis-
sante du sommet, c'est *Sirius !*

. . . .

Les marins ne pouvaient se
lasser de contempler le ciel, qui
leur apparaissait ainsi au moment où, harassés de lassitude,
affaiblis par les privations, dé-
couragés par les tentatives continuellement essayées et sans
cesse déçues, ils se sentaient
tout près de succomber et de
s'abandonner. Ils se tenaient les
mains, et une ardente action
de grâces, sans formule et sans
paroles, une de ces prières
sublimes que rien ne traduit,

Le docteur s'écria : « Le ciel ! mes amis, les étoiles ! »

que seule conçoit l'infinie reconnaissance de l'âme et que seul comprend Dieu,
montait de leur cœur vers ce beau ciel dont la vue inespérée leur apportait la
vie, le contact avec les humains aimés, le retour sur la terre, la fin des terribles
épreuves. Cette étoile qu'ils contemplaient avec une sorte de douce ivresse, d'autres
yeux, peut-être des yeux chers, l'avaient vue et suivie. Ces nuages frangés d'argent
qui la masquaient par moments avaient passé sur des villes, sur des forêts, sur des

10

mers sillonnées de navires, sur des fleuves aux rives peuplées. Peut-être allaient-ils vers la patrie lointaine. Peut-être les gouttelettes d'eau suspendues dans leurs floconneuses volutes retomberaient-elles en rosée sur les toits des demeures paternelles, sur les fleurs des jardins témoins des heureuses enfances. Pour ces exilés brisés par la lutte et la longue souffrance, ce radieux coin du ciel, c'était presque le pays.

« Oui, le pays, dit Halgouët, le pays bien-aimé !

— Non, mes amis, répondit Georges, ce n'est encore que la terre promise; mais j'espère que nous serons plus heureux que le patriarche, et que nous l'atteindrons. Seulement nous avons encore à nous aider, si nous voulons que Dieu nous aide.

— C'est vrai, répondirent Quosé et le docteur, que ces paroles rappelèrent à la réalité. Il nous reste maintenant à atteindre l'orifice de cette caverne, et comme il est situé juste au milieu de la voûte, nous aurons encore quelques difficultés à vaincre avant d'y arriver. Mais nous en avons vu bien d'autres, n'est-ce pas ?

— Sans doute. Discutons donc immédiatement le parti à adopter.

— Le premier qui s'offre à l'esprit, c'est de signaler notre présence ici, en attirant l'attention des personnes qui pourraient se trouver sur l'îlot. Mais il est bien aléatoire. L'îlot, en effet, est entièrement désert. Il est excessivement rare que des pêcheurs y abordent, et nous ne savons pas, d'ailleurs, si cette ouverture communique avec une partie accessible de sa surface.

— Nous pourrions allumer un feu avec les bois du marchand de cercueils, dit Quosé. La colonne de fumée appellerait peut-être l'attention.

— Non, car notre colonne de fumée serait confondue du large avec les fumerolles qui couronnent encore le cratère, et par conséquent n'éveilleraient aucune curiosité chez ceux qui la verraient.

— J'ai toujours ma provision d'explosifs, reprit Sergeant. Peut-être une forte détonation révélerait-elle notre présence.

— Il faudrait d'abord qu'il y eût du monde sur l'îlot. Ensuite on l'attribuerait certainement à quelque tardive commotion intérieure du sol volcanique.

— Commandant, dit le docteur, pour repousser ainsi nos avis, vous devez avoir une idée, et elle doit être la bonne.

— J'ai une idée, en effet, répondit Georges, et je la crois bonne, parce que sa mise à exécution dépend de nous seuls. Cette idée, c'est simplement de faire une échelle de quinze mètres de hauteur, et d'utiliser pour cette construction les matériaux du fabricant de cercueils.

— Mais, mon cher ami, tous les bois entassés sont pourris. On aurait pu, à la rigueur, en faire du feu en utilisant les parties carbonisées. Mais il me semble impossible d'en faire une échelle.

— Vous avez raison en ce qui concerne les amas de bois brut; mais en ce qui concerne les cercueils, je suis certain que Quosé, qui connaît, comme nous nous en sommes aperçus, les choses de la vieille Égypte, ne partagera pas votre manière de voir.

— Le commandant a raison, monsieur le docteur, répondit Halgouët, très fier de voir que Georges faisait appel à ses lumières. Vous savez que la mort jouait, chez les Égyptiens, un rôle capital, et qu'aucun peuple a poussé aussi loin qu'eux le respect de ceux qui ne sont plus. Une multitude de sarcophages de bois sont arrivés jusqu'à nous absolument intacts, après avoir passé des milliers d'années dans les hypogées, et les enduits dont ils étaient revêtus non seulement ont préservé le bois de toute altération, mais encore ont gardé aux peintures et aux hiéroglyphes qui y étaient tracés leur fraîcheur et leur éclat du premier jour. Le peuple qui a inventé les procédés d'embaumement les plus perfectionnés avait des notions très précises sur la manière de préserver de la pourriture des siècles aussi bien les bois qui servaient à ces sarcophages que les bandelettes dont on entourait les momies. Je crois donc que nous pourrons découvrir, parmi les cercueils du menuisier, un certain nombre de pièces suffisamment conservées pour que nous y trouvions les matériaux nécessaires à l'établissement, sinon d'une échelle, du moins d'un mât de perroquet, dont les barreaux seront remplacés par des coins alternés. Il ne nous en faut pas davantage. »

Le docteur se rendit à ces raisons, et la petite troupe, après un dernier coup d'œil donné au ciel, revint rapidement à l'atelier du menuisier.

VIII

Il fut décidé tout d'abord qu'on ne séjournerait pas dans le magasin des cercueils, qu'on s'y approvisionnerait seulement des matériaux nécessaires, et qu'on reviendrait ensuite établir l'échelle à l'endroit même où elle devait être utilisée : Georges de Malher avait fait remarquer, en effet, avec raison, que le transport d'une pièce de charpente de quinze mètres de longueur à travers les méandres de la route offrirait les plus grandes difficultés. Quant à la construction de l'échelle elle-même, et bien qu'on n'eût pas d'outils, les trois compagnons ne mettaient pas une minute en doute sa possibilité. Leur ingéniosité de marins devait suppléer, une fois de plus, à l'absence des instruments nécessaires.

Leur premier soin fut naturellement de faire l'inventaire des ressources que leur offrait le funèbre dépôt. Au premier examen, ils reconnurent qu'en effet, toutes les pièces de bois entassées ne pouvaient leur être d'aucun usage. Les contours extérieurs des piles gardaient seuls l'apparence d'un amas régulier de planches et de soliveaux. Mais dans les endroits qui n'avaient pas été carbonisés, la contexture du bois entièrement pourri n'offrait aucune résistance, et les fibres, réduites en pâte, cédaient sous la pression du doigt. L'ensemble ne formait plus qu'une masse molle d'ais affaissés et soudés les uns aux autres. On se rabattit immédiatement sur les cercueils. On éprouva tout d'abord une nouvelle déconvenue : ceux qui, entrecroisés les uns sur les autres, remplissaient toute la droite de la chambre, n'étaient guère mieux conservés que les bois. En revanche, une quinzaine de sarcophages dressés debout le long des murs étaient parfaitement intacts. Cette immunité était due à deux causes : d'abord ces sarcophages ainsi séparés des autres avaient évidemment été préparés en vue d'un usage prochain, c'est-à-dire entièrements terminés et revêtus d'un enduit préserva-

teur. Ensuite un certain nombre d'entre eux, plus particulièrement soignés, avaient dû être destinés à des défunts riches, et l'ouvrier avait épuisé, pour les rendre dignes de leurs hôtes, tous les procédés de son art. Ils étaient en forme de gaine, reprodui-
sant grossièrement les con-
tours du corps qu'ils devaient contenir. Les parois étaient épaisses de sept à huit cen-
timètres, et faites d'un bois de sycomore qui, grâce à l'apprêt, était devenu encore plus dur sous l'action du temps. Pas un clou n'entrait dans leur fabrication : tous les assemblages avaient été faits soit avec des chevilles, soit avec de longues épines d'acacia. Tout autour cou-
raient des inscriptions et des hiéroglyphes tracés avec soin en noir sur l'enduit blan-
châtre. A l'intérieur, d'autres inscriptions contenaient une prière pour le défunt, et les chapitres du *Livre des Morts,* sorte d'évangile de la liturgie funéraire des Égyptiens. A côté de ces sarcophages étaient leurs couvercles, dessinant va-
guement leur figure humaine couchée, avec la perruque à marteaux encadrant la face

On mit à découvert une ouverture dans laquelle on descendait par un escalier de six marches.

aux longs yeux en amande émaillés de blanc, qui semblaient regarder dans l'infini par leurs prunelles d'un noir intense. Les mains, peintes en vermillon, étaient jointes, et tenaient la croix ansée, sorte de croix dont la petite branche supérieure est en forme de boucle, et qui, dans la religion égyptienne, représentait le symbole de la vie.

Le menuisier ne tenait pas seulement les cercueils; à côté de ceux-ci se trouvaient une infinité d'objets : c'étaient tous les accessoires de la mort, qui, chez les Égyptiens, revêtait une forme extrêmement compliquée : sièges, tables de petite dimension, ustensiles de ménage de toutes sortes, statuettes représentant des dieux et des déesses, coffrets pour contenir le trousseau du défunt. Le mort égyptien devait, en effet, autant que possible, emporter avec lui un mobilier complet, et les familles les plus pauvres elles-mêmes essayaient de se conformer à l'usage en enfermant avec les momies de leurs parents des simulacres ou des réductions à bon marché des objets nécessaires à l'existence.

Chaises et meubles de toutes formes et de toutes dimensions tombaient en poussière. Quosé et Georges cherchaient cependant dans ce fouillis de choses étranges et disparates, dans l'espoir que quelque trouvaille viendrait les aider dans leur besogne. Les coffrets, rectangulaires, à couvercle bombé ou à deux pans, comme un toit de maison, avaient mieux résisté. Mais les parties métalliques étaient entièrement rongées par la rouille, et les bandes de fer qui entouraient les coffres, et eussent pu être de quelque utilité, étaient aussi friables que de la brique mal cuite.

Après quelques minutes d'investigations, le docteur, qui de son côté avait soigneusement examiné les sarcophages et pris des mesures, déclara qu'il y avait là plus de bois qu'il n'en fallait pour fabriquer une poutrelle en plusieurs pièces ajustées ensemble atteignant la hauteur voulue. Il restait maintenant à trouver les outils nécessaires : or on disposait seulement de deux barres de fer et du couteau de matelot de Quosé. C'était peu.

« Cela suffit, dit le docteur, pour disjoindre les sarcophages; et, en aiguisant un peu le bout d'une de ces barres sur les dalles du sol, nous aurons un instrument suffisamment tranchant pour fendre dans leur longueur les épaisses planches que nous obtiendrons. Mais la difficulté qui m'arrête, c'est l'ajustage des différentes pièces. Notre mât, en effet, doit être un faisceau de menues solives. En outre, il y a les échelons. Or nous n'avons ni clous ni câbles. Nous pouvons faire des chevilles, à la rigueur, avec le couteau de Halgouët; mais, outre qu'il en faudra une quantité considérable, ce qui nous prendra beaucoup de temps, nous ne disposons ni de la moindre tarière, ni du plus primitif poinçon pour percer les trous destinés à les recevoir.

— Écoutez, monsieur le docteur, ne jetons pas, comme on dit, le manche après la cognée. Nous trouverons peut-être ici ce qu'il nous faut. Comme il n'y a pas de temps à perdre, commencez toujours, avec l'aide du commandant, à aiguiser nos leviers. Pendant ce temps-là, je vais continuer mes recherches. Tenez, voici justement dans ce coin sombre une meule qui a servi autrefois à l'ouvrier. Elle n'a plus, il est vrai, ni bâti ni manivelle. Mais nous allons passer un de nos leviers dans le trou central, caler la meule sur cet axe avec un morceau de bois, et appuyer les deux bouts sur les deux côtés d'un sarcophage dans lequel je vais creuser deux mortaises avec mon couteau. Dame, il faudra faire tourner la meule avec la main, ce qui est, je le reconnais, un peu primitif comme procédé; mais cela ira toujours plus vite que d'user la pointe à même les dalles. »

Le docteur et Georges se mirent aussitôt à l'œuvre. Quant à Quosé, il prit le fanal du *Sirius*, et se mit à tourner autour des piles de matériaux, à les démolir, à enlever tous les objets qui masquaient les parois, à scruter les recoins des murailles, et à éprouver à coups de talons la sonorité du sol.

« Ah çà ! que cherchez-vous, Halgouët?

— Vous voulez le savoir, commandant? Je cherche de quoi faire des cordes.

— Et vous espérez trouver de quoi faire des cordes?

— C'est-à-dire que j'en suis à peu près sûr. Le tout est de découvrir l'armoire, et comme l'armoire est peut-être une cave, une sorte de silo, je tâche d'en détermi- ner l'emplacement. »

Tout en parlant, le Breton tirait à lui un lit funèbre qui avait dû être un véritable objet d'art. Dans le bois vermoulu, on distinguait encore la figure des deux lions allongés qui formaient le cadre de cette couche d'apparat, et dont les queues recour- bées s'enlaçaient sous les pieds de la momie. Mais Quosé n'était guère disposé à l'admi- ration. Il déplaça le lit qui se brisa sous son effort et, à la place où il se trouvait, il aperçut une large dalle en saillie, présentant encore les trous de deux anneaux de fer.

Georges et Sergeant interrompirent leur besogne et lui apportèrent l'aide de leur levier pour soulever la dalle, qui n'était d'ailleurs pas très lourde. On mit à découvert une ouverture dans laquelle on descendait par un escalier de six marches. Le sol était couvert d'un sable très fin, et les murs de cette cave, dans laquelle les marins descendirent aussitôt, étaient recouverts d'un ciment dur qui rendait la pièce com- plètement sèche. Au fond, des jarres de grès, qui avaient contenu la provision de vin du menuisier, s'étageaient, régulièrement empilées les unes sur les autres. Toute trace du liquide avait naturellement disparu, et il ne restait au fond des amphores que le résidu noirâtre laissé par la lente évaporation du vin à travers les pores des bouchons de terre cuite. Ailleurs, d'autres jarres de grandes dimensions étaient enterrées jusqu'au col dans le sable. L'une d'elles était ouverte, et à demi pleine d'une substance impossible à reconnaître, une sorte de poussière grise et grossière. Les autres étaient soigneusement fermées par des couvercles de grès hermétiquement lutés par une épaisse couche d'argile. On fit sauter un des couvercles, et, au grand étonnement des trois compagnons, on reconnut qu'elle était remplie jusqu'au bord de blé, qui semblait arraché de la veille aux épis. La réserve d'hiver du menuisier, grâce à la façon dont elle avait été emmagasinée, et grâce aussi probablement à la nature du sol où les jarres étaient enterrées, avait résisté au temps, et c'est avec une joyeuse surprise que le docteur reconnut que ce blé de trois mille ans était parfaitement capable d'apporter un précieux appoint à la maigre ration de vivres dont on disposait encore.

Enfin Quosé, qui continuait ses recherches, poussa tout à coup un cri de triomphe :

« J'ai trouvé! s'écria-t-il. Nous sommes certains maintenant de faire notre échelle : voyez plutôt. »

Il désignait du doigt un certain nombre de menus ballots, chacun à peu près de la grosseur d'un pavé, qui gisaient sur le sable sec, au milieu d'une quantité de récipients de verre ou de terre cuite de toutes dimensions et de toutes formes. Ces objets avaient été autrefois posés sur des tablettes appliquées le long du mur; mais les rayons s'étaient effondrés, et l'on en trouvait des débris parmi les fioles et les coupes. C'était dans sa cave que le menuisier gardait les onguents et les substances nécessaires aux embaumements, et les ballots que Quosé montrait au commandant et au docteur étaient des rouleaux de ces bandelettes de lin qui emmaillottent complètement les momies. Ces bandelettes avaient été mises à l'abri de la pourriture du temps par un des baumes que possédaient les Égyptiens, et elles s'étaient maintenues dans un parfait état de conservation et de solidité.

« Tenez, dit le Breton, nous devons avoir là, peut-être, deux ou trois milliers de mètres de bandelettes. Lorsque j'ai vu que le menuisier, qui nous accorde en ce moment son involontaire hospitalité, tenait tous les articles qui concernaient son état, j'ai immédiatement pensé qu'il devait posséder une forte réserve de bandelettes préparées, et c'est pourquoi je poursuivais mes recherches. En tressant par quatre ces longues bandes, ce dont je me charge, en ma qualité de matelot qui s'entend comme personne à l'épissure, nous obtiendrons de bons câbles qui nous permettront de nous passer de chevilles et de clous.

— Et c'est une chose bien bizarre, ajouta philosophiquement le docteur, de penser que ce sont ces accessoires de la mort, cercueil et bandelettes, qui nous rendront peut-être à la vie! »

Après cette découverte, on se hâta de terminer les préparatifs. On acheva d'aiguiser les leviers, ce qui, grâce à la meule, demanda peu de temps. Puis on se mit en devoir de dépecer les sarcophages. Au bout de trois heures, on avait obtenu une centaine de pièces de bois, mesurant entre un mètre cinquante et deux mètres de longueur, sur une section variant de six à huit centimètres. L'opération avait été

La lumière bénie tombait jusqu'au fond de la grotte.

relativement facile, les planches des sarcophages étant taillées suivant le fil du bois. C'est Georges qui avait fixé le nombre des planches à fabriquer. Il avait jugé, en effet, qu'il serait très ardu, et peut-être très dangereux, de construire, avec toutes ces pièces de bois rapportées, un mât unique haut comme une maison de quatre étages, et il avait décidé, avec l'avis conforme de ses compagnons, de le remplacer par un pylône légèrement pyramidal à quatre faces, ayant pour arêtes les poutrelles réunies entre elles par des entretoises en forme de croix de Saint-André. On éviterait ainsi la difficile opération du dressage, sans palan et sans bigue, d'un mât de quinze mètres fait de morceaux, et l'on élèverait rapidement sur place ce pylône, en attachant les pièces les unes aux autres.

Une fois les bois rassemblés, on prit le plus grand sarcophage, un énorme cercueil de plus de deux mètres de longueur, qui avait été fait pour servir d'enveloppe à deux ou trois caisses. On y empila les bois, le reste des provisions, les jarres de blé, une certaine quantité de planches carbonisées pour faire du feu, et, au moyen de la première corde tressée avec des bandelettes, on remorqua ce traîneau jusqu'à la caverne, en agrandissant au passage l'ouverture du barrage de stalactites. Il fallut trois voyages pour amener tous les matériaux à pied d'œuvre. Et c'eût été un étrange spectacle que de voir, sous les sombres rues de la ville morte, ces trois hommes pâles, déguenillés, traînant à la triste lueur des lampes, qui dessinaient de petites et vagues auréoles dans les épaisses ténèbres, le cercueil qui portait toutes leurs espérances.

La montre de Quosé disait cinq heures lorsque tout fut terminé. Ces trois hommes, déjà harassés huit heures auparavant, et qui venaient de fournir pendant toute la nuit un travail capable de fatiguer un individu sain et robuste, ces trois hommes ne pensèrent pas à se reposer. Ils restèrent là, debout, les yeux fixés sur le coin de la voûte céleste où commençaient à pâlir les étoiles.

« Qu'attendez-vous, Georges? demanda le docteur en souriant.

— Ce que vous attendez vous-même, mon ami, répondit le commandant en tendant les mains à ses deux compagnons.

— Le jour parbleu, dit Halgouët, la belle lumière du soleil! »

Dans leur attente impatiente, il y avait comme un recueillement, quelque chose du sentiment que dut éprouver le premier homme lorsque, après les effrayantes ténèbres qui tombèrent sur sa première journée, il vit, avec une infinie reconnaissance envers le Très-Haut, revenir la radieuse lumière qu'il croyait à jamais perdue.

Peu à peu les étoiles pâlirent encore. L'azur du ciel blanchissait; il passa au rose violacé, au rose tendre. Puis il devint d'un bleu clair, d'un bleu transparent. En même temps la lumière, la lumière bénie, tombait jusqu'au fond de la grotte, éclairait les parois des rochers, révélait des mousses verdoyantes, des lichens nains, de petites fougères, des capillaires presque vaporeuses, toute une humble végétation, bien pauvre, bien modeste, mais qui apportait aux malheureux le sentiment de la vie, qui les arrachait aux choses terribles ou aux choses mortes, et leur donnait cette notion sous laquelle vibrait tout leur être, qu'ils cessaient à cette heure même d'être les tristes êtres perdus dans les abîmes, qui, depuis tant de mortelles heures, disputaient leur vie à toutes les forces réunies de la nature et des civilisations éteintes.

Le premier rayon du soleil, pénétrant dans les profondeurs de la caverne et coupant obliquement la pénombre comme d'une immense flèche d'or translucide où se jouait le scintillement des menues poussières, ce rayon de soleil trouva les trois hommes silencieux, perdus dans la même muette extase. Et lorsqu'enfin la lassitude reprit ses droits, lorsqu'il fallut se coucher sur la terre moussue de la grotte, et demander, comme Antée, de nouvelles forces à la mère de la nature, c'est par un mouvement spontané que tous trois allèrent s'étendre juste à la place où ce bienheureux rayon dessinait sur le sol le cercle resplendissant de sa vivifiante lumière.

IX

A leur réveil, une nouvelle surprise les attendait. Le ciel s'était couvert. La pluie tombait, et, l'ouverture de la grotte se trouvant évidemment sur une déclivité du cône volcanique, un filet d'eau ruisselait dans la caverne en légères cascatelles. On juge si cette aubaine fut bien accueillie. Grâce au blé du menuisier, on était assuré de ne pas mourir de faim si la construction du pylône demandait plus de temps qu'on ne l'avait prévu. Mais on n'était pas sûr de ne pas mourir de soif : l'outre emportée du *Sirius* ne contenait plus qu'environ trois litres de l'eau distillée par le docteur, eau mauvaise, d'ailleurs, et qui provoquait presque la nausée par l'odeur qu'elle avait prise par suite de son séjour prolongé dans l'étoffe caoutchoutée. On décousit immédiatement l'un des sacs, on l'étendit sous la cascatelle, en ayant soin d'en relever les côtés, et l'on put recueillir ainsi une assez grande quantité d'eau qu'on emmagasina dans les outres. En même temps, les marins saisirent avec empressement cette occasion de rendre la vigueur à leurs membres par des ablutions abondantes. Sous la douche bienfaisante, leur peau s'assouplit, leur pores reprirent leur élasticité. On alluma du feu, on fit cuire dans un quart des sortes de pains composés de farine faite avec le blé du menuisier égyptien. On broya ce blé entre deux pierres, et l'on confectionna des gâteaux qui, à vrai dire, manquaient de saveur et heurtaient un peu le goût du palais, en raison de l'absence du sel, mais dont la croûte cassante obtenue sur le quart chauffé presque au rouge, et surtout la chaleur, furent très agréables aux trois compagnons. Après avoir fabriqué un certain nombre de ces pains, on attaqua avec une ardeur toute nouvelle la construction du pylône. Pendant que Georges et le docteur tiraient les pièces de bois et les rangeaient d'après leurs dimensions, Quosé tressait son câble à quatre brins, et il faut reconnaître qu'il allait très vité en besogne. Ce jour-là, on éleva la tourelle de trois mètres au-dessus du sol. Or, en raison des différents préparatifs, de la récolte d'eau et de la confection des vivres, on n'avait guère travaillé que la moitié de la journée.

Pendant la nuit, on n'organisa pas de quart. Tout le monde dormit environ quatre heures; après quoi, l'on se remit à l'œuvre. Le travail avançait rapidement. Toutefois il devenait de plus en plus difficile au fur et à mesure qu'on s'élevait, à cause de la nécessité de monter les pièces de la charpente. Georges seul travaillait au sommet. Le docteur lui passait d'en bas les bois, que le commandant hissait avec un câble et joignait à la construction au moyen de solides nœuds marins. Quosé continuait à tresser les cordes; le soir du deuxième jour on avait édifié environ quatre mètres, qui, ajoutés aux trois

Les trois hommes durent prendre certaines précautions pour ne pas faire chavirer l'esquif.

mètres de la veille, représentaient une hauteur totale de sept mètres : on était à peu près à la moitié de l'ouvrage. On reprenait non plus seulement courage, mais confiance entière. Le sentiment de la tranquillité pour l'avenir envahissait ces hommes, assaillis jusque-là par de si terribles angoisses, et qui éprouvaient un bien-être invisible, une sensation inconnue de repos, à se laisser bercer par ce retour à la vie normale que caractérisait le labeur sain, dans l'air pur et en pleine lumière.

La conséquence de cet état d'esprit fut que, ce soir-là, on se coucha plus tôt que de coutume; que le sommeil, devant l'affaissement des forces nerveuses succédant à la tension maladive des grandes crises, reprit tout son empire, et qu'il faisait jour depuis longtemps, lorsque, le premier, Halgouët se réveilla et secoua vigoureusement ses compagnons, qui dormaient encore.

« Je vous demande pardon, commandant, dit-il joyeusement, de porter la main sur mon officier; mais c'est pour le bien du service. Il s'agit de travailler, et, quoique nous ayons tous bien dormi, j'avoue que je ne serais pas fâché de passer la nuit prochaine ailleurs qu'ici, quand ce serait dans la cabine d'une tartane de pêche empestée d'odeur de poisson. C'est même curieux, ce que je désire en ce moment respirer l'odeur de poisson d'une tartane de pêche! »

Halgouët avait entièrement fini, la veille au soir, de tresser son câble, qu'il avait déposé, proprement roulé, au pied du pylône. Pendant la première journée, il travailla en compagnie de Georges en haut de l'échafaudage, tandis que le docteur continuait, comme la veille, à leur passer les bois. On construisit encore deux mètres. A ce moment il sembla au commandant et à Halgouët que la légère tourelle vacillait un peu sous leur poids.

« Il est évident, dit Georges, que nos solives sont un peu faibles. Je pense qu'il serait prudent que l'un de nous redescendît, j'estime que l'édifice résistera au poids d'un homme, mais non au poids de deux hommes.

— Soit, répondit Quosé. Descendez, commandant.

— Non pas, mon ami, dit Georges. Je crois manier les nœuds plus vite que vous, ceci soit dit sans offenser votre amour-propre. Vous nous avez rendu assez de services pour que je puisse constater le fait, sans autre pensée que celle d'aller plus vite.

— Le fait est que vous tortillez le grelin comme un fin gabier. Eh bien, je descends. »

Arrivé au bas, Quosé dit au docteur :

« Alors je vais vous aider?

— A quoi faire? J'y suffis bien tout seul. Vous me gêneriez plutôt, mon brave ami.

— Je vais donc me croiser les bras?

— Oui, en attendant que je sois fatigué. Alors vous me remplacerez.

— Comme vous voudrez. Eh bien, vous ne savez pas? Plutôt que de rester à rien faire, je vais aller pousser une dernière visite à la maison de cet excellent menuisier égyptien.

— C'est une idée bizarre. Mais enfin, si vous y tenez...

— Mon Dieu, ce n'est pas que j'y tienne; mais vous n'avez peut-être pas remarqué ceci... »

Et tout en parlant, il exhiba une plaque de métal très mince, longue de quinze centimètres et large de dix, qu'il avait glissée dans la poche de sa veste délabrée.

« Tiens! dit le docteur, mais c'est de l'or, cela!

— Oui, monsieur le docteur, je l'ai trouvé parmi les flacons et les paquets de bandelettes. Les momies égyptiennes très riches étaient souvent cuirassées de lames d'or, et notre marchand de cercueils, qui était, comme nous nous en sommes aperçus, un homme prévoyant et un commerçant très entendu, ne devait pas posséder que celle-ci. Alors je vais voir si j'en trouve d'autres.

— Ah! oui, dit Georges, toujours pour ajouter à la retraite!

— Comme vous dites, commandant : toujours pour ajouter à la retraite. Vous ne voyez pas d'inconvénient à ce que j'aille chercher un petit supplément de solde?

— Aucun, mon brave. Seulement ne restez pas longtemps, nous serions inquiets.

— Oh! une demi-heure ou trois quarts d'heure! »

Là-dessus, Quosé partit gaiement, en fredonnant un refrain de bord.

Dix minutes à peine s'étaient écoulées, lorsque des pas précipités retentirent de l'autre côté du barrage de stalactites. Quosé revenait en courant; le docteur, qui s'apprêtait à attacher une solive au câble que lui tendait Georges, s'arrêta. Le commandant, instinctivement, comprenant que Halgouët ne revenait pas à une telle allure sans une cause grave, descendit en deux secondes, avec son agilité de marin, du haut du pylône.

Lorsque le Breton apparut à l'ouverture du barrage, ses compagnons furent effrayés de la décomposition de ses traits.

« Qu'y a-t-il, Halgouët? s'écrièrent-ils ensemble.

— Il y a... il y a l'eau! La mer, l'inondation, qui me suit, qui court derrière moi, qui nous atteint... Et tenez,... regardez! »

En effet, derrière Halgouët, une nappe d'eau envahissait la ruelle, passait par-dessus les stalagmites de lave soudées au rocher du sol, à l'entrée de la caverne, et s'étendait sur la terre de la grotte en un large éventail frangé d'écume. En quelques secondes, les marins en eurent jusqu'aux chevilles.

« Eh bien! s'écria Georges avec son sang-froid de capitaine, l'eau, c'est la mer, et la mer, nous la connaissons, nous autres! Remettez-vous, Halgouët, et attention à la manœuvre! Embarquons vivement les outils, les vivres et les câbles dans le grand sarcophage, qui va nous servir de canot. Ne vous occupez pas du bois, il surnagera, et nous le retrouverons toujours. Cette inondation, mes amis, va hâter le dénouement. C'est elle probablement qui va nous sauver; mais il n'y a pas une minute à perdre! »

Avec une précision militaire, chacun s'occupa à charger quelque objet dans le sarcophage. Halgouët avait été rendu complètement à lui-même par l'énergie assurée du commandant. En moins de trois minutes, il put s'écrier que « tout était paré ». Il était temps! L'eau montait toujours, sans violence, mais rapidement, comme il arrive dans un réservoir qui se remplit par le jeu régulier d'une conduite d'eau. Quand le sarcophage, flottant ainsi qu'une embarcation bien étanche sur son large fond plat, fut complètement garni, les trois hommes avaient de l'eau jusqu'aux hanches, et ils durent prendre certaines précautions pour ne pas faire chavirer l'esquif en s'y installant. Autour d'eux, sur le lac qui s'était ainsi formé, les pièces de bois flottaient comme des épaves. Quant au pylône, on avait pris en le construisant la précaution, pour augmenter sa solidité, d'enfoncer à un mètre dans le sol les quatre montants qui lui servaient d'arêtes. L'eau s'élevant sans secousse, presque sans remous, ne l'ébranlait pas.

« Voici ce que nous allons faire, reprit Georges. Nous ne savons pas à quelle profondeur au-dessous du niveau de la mer se trouve le sol de la caverne. Or trois cas, et trois cas sont possibles : ou l'eau montera jusqu'à l'ouverture, et nous sortons tout naturellement pour grimper, une fois dehors, sur le cône volcanique; où elle s'arrêtera au-dessous du niveau auquel nous avons amené notre tourelle, et, dans cette hypothèse, nous rassemblons ces bois épars, et nous continuons purement et simplement notre travail; ou enfin elle s'arrêtera au-dessus de la construction, c'est-à-dire en nous rapprochant à deux ou trois mètres de l'ouverture, et, dans ce cas, nous nous maintenons au-dessous de celle-ci en nous dirigeant tant bien que mal avec des solives en guise de rame et de gaffe, et nous jetons au dehors nos deux leviers de fer, attachés en croix et reliés à une corde. Si nous ne réussissons pas à la première tentative, il serait bien extraordinaire que nous n'arrivions pas, en nous y reprenant à plusieurs fois, à faire mordre à l'extérieur ce grappin improvisé, et ce ne sera plus qu'un jeu pour nous de nous hisser le long du câble.

— Parbleu! s'écria Halgouët, c'est bien simple; seulement il fallait penser à tout cela, et j'avoue que, pour ma part, je ne l'aurais pas trouvé si vite.

— Vous avez raison, mon cher Georges, dit Sergeant; mais je vous avoue que, malgré moi, je ne suis encore qu'à demi rassuré. Dans tous les raisonnements formulés avec la netteté mathématique que vous avez donnée au vôtre, il y a à faire la part d'une hypothèse oubliée ou imprévue.

— Soit, répondit le commandant. Si elle se présente, nous ferons face au danger qu'elle nous apportera. En attendant, agissons d'après ce que nous savons, et confectionnons immédiatement notre grappin. »

L'opération fut faite par Halgouët et Georges en quelques minutes. Les deux leviers furent solidement reliés en forme de croix, et, par surcroît, on ajouta au système une barre de bois perpendiculaire au plan de la croix, et effilée aux deux bouts au moyen du couteau de Halgouët. De cette façon il était difficile que l'appareil, projeté au dehors, ne mordît pas soit sur la terre, soit dans une racine, soit dans quelque anfractuosité de roche. On attacha au grappin un câble d'une dizaine de mètres, que l'on fixa par un nœud solide à l'une des oreillettes en saillie qui, sur

Georges, à l'arrière, tenait le grappin, et s'attachait à prendre une vigoureuse assise pour le lancer.

le cercueil, marquaient la place des épaules. Puis on recueillit quelques espars flottants, et l'on attendit.

Déjà la tourelle de bois n'émergeait plus que d'un mètre. Au fur et à mesure qu'on s'élevait dans la grotte, on remarquait que celle-ci s'évasait vers le haut, et les profondeurs ainsi révélées démasquaient des recoins sombres où ne pénétrait pas la lumière. Les trois hommes, anxieux, se taisaient. Halgouët, à l'avant, — à la tête, — comme il avait dit en riant, — tenait une des arêtes du pylône et guidait l'embarcation le long de la tourelle, dans l'ascension du milieu qui la soutenait. Le docteur, à côté de lui, un espar à la main, s'apprêtait à la guider. Georges, à l'arrière, tenait le grappin et s'attachait à prendre une vigoureuse assise pour le lancer. Rien ne troublait le silence qui planait sur cette scène, rien que le chant d'un petit oiseau, qui, libre lui, et enivré de lumière et de gaieté, s'était perché sur l'un des tamaris qui s'inclinaient au bord de l'ouverture de la grotte.

L'eau monta encore. Peu à peu les extrémités du pylône inachevé s'enfoncèrent dans le lac envahissant et calme....

Tout à coup un courant violent se dessina à la surface de cette eau jusque-là dormante. La barque improvisée subit un mouvement brusque, et pivota sur elle-même. Halgouët, cramponné au sommet d'une des poutrelles du pylône, le bras enfoncé jusqu'à l'épaule dans l'eau, s'efforça d'y résister; mais le bois cassa, et le Breton se déchira la main en essayant de saisir au passage une autre pièce de la charpente.

« Tenez, commandant, dit le docteur, debout, le doigt tendu; tenez, la voilà, l'hypothèse oubliée... Voyez. »

Georges regarda, et il vit, dans un des coins sombres de la caverne, une tache encore plus noire, une déchirure de la paroi, par laquelle l'eau, dépassant son niveau, se précipitait comme dans un déversoir, déterminant un de ces courants terribles qui se font sentir en amont des cataractes.

Il ne perdit pas la tête. D'une main sûre il lança le grappin par l'ouverture. L'engin s'accrocha immédiatement au dehors. Un instant, la barque ainsi ancrée s'arrêta.

« Allons, mes amis, s'écria Georges, sortons! Hissez-vous au câble, le premier, Halgouët.

— Commandant!...

— Obéissez! »

Le matelot saisit la corde; mais, au moment où il allait s'enlever sur les poignets, la violence du courant augmenta. Le câble se rompit, et l'embarcation, désormais irrésistiblement entraînée, s'engouffra dans un boyau noir si bas, que les trois hommes durent se baisser pour ne pas se briser la tête contre le roc qui en formait la voûte.

Ils parcoururent ainsi un espace qu'ils ne purent jamais déterminer. Le coup qui les frappait au moment même où ils se croyaient sur le point de voir finir leur martyre était si imprévu, si foudroyant, que tous trois eurent un moment d'absence, une minute de véritable folie, d'aberration de l'esprit. C'est à peine si, silencieux, haletants, accroupis les uns contre les autres dans le fond de l'esquif, ils se rendirent compte qu'à un moment donné leur barque s'arrêtait. Plongés dans les ténèbres, assourdis par le bruit de l'eau qui se précipitait en rapide dans l'exutoire qu'elle avait trouvé sur sa route, hébétés par cette brutale et décisive défaite, ils ne songeaient même plus à tenter un effort, à essayer quelque impossible moyen de salut! Ces trois hommes au courage héroïque, au sang-froid surhumain, qui depuis plus de vingt jours avaient soutenu, presque sans défaillance, une lutte gigantesque contre un sort implacable, ces trois braves étaient vaincus, et sans même trouver les uns pour les autres un mot d'adieu, sans se communiquer leur dernière pensée autrement que par une muette et presque instinctive pression des mains, ils firent comme le gladiateur antique, qui, blessé à mort dans l'arène par un dernier adversaire, après en avoir terrassé douze, se couchait résigné sur le sable du cirque, pour attendre la mort et l'éternel repos.

Et soudain, à l'instant même où le désespoir couvrait de son voile noir leurs énergies; au moment où chacun, dans l'imminence de l'inévitable mort, ne gardait plus dans son intelligence presque éteinte qu'une pensée vague et indécise aux chers êtres aimés à jamais perdus ; au moment où seul, dans ce désarroi du cœur et du cerveau, subsistait, comme une lueur persistante, l'aspiration des âmes vers Dieu tout-puissant, à ce moment suprême ils entendirent un coup de tonnerre lointain et formidable. En même temps la voûte de pierre se rompit à quelques mètres devant eux, une avalanche de rochers plongea dans l'eau, laissant une ouverture béante par laquelle le jour pénétra de nouveau, et sur les bords de laquelle, en raison de la pente de la voûte, venait se briser le torrent qui les avait emportés. Leur esquif, pris par le travers, s'était arc-bouté contre les deux parois. Par un mouvement machinal, encore presque endormis dans l'ombre du tombeau qu'ils avaient vu s'ouvrir, ils se jetèrent à la nage.

X

RÉSURRECTION

On se rappelle que sir Owen avait été très surpris de voir que Mme de Malher, poursuivie par l'idée fixe que son mari n'était pas mort, avait néanmoins consenti à choisir l'emplacement où devait être édifié, sur l'ilot de Syrtos, le monument élevé à la mémoire des victimes du *Sirius*. Il crut qu'elle avait cédé au désir d'éviter une controverse qui lui était pénible, et il s'attendit à la trouver le lendemain dans une tout autre disposition d'esprit.

Or, le jour suivant, Mme de Malher fut la première à lui demander à quel moment on descendrait à terre. Sir Owen lui répondit qu'il pourrait armer un canot dès que le *Sirius* serait parti pour le Pirée.

Conformément aux ordres qu'il avait donnés, tout avait été préparé pendant la nuit pour l'appareillage. L'un des steamers devait remorquer directement le navire renfloué. L'autre, relié au *Sirius* par une amarre de secours, devait escorter le convoi, prêt à intervenir au cas où un accident ou le choc de quelque coup de mer, en tendant trop la première remorque, l'eût rompue.

A bord du *Sirius*, le commandant de l'*Investigator* avait embarqué un certain nombre d'hommes de son propre équipage, chargés de veiller à ce qu'aucune avarie nouvelle ne se produisît en cours de route. Par une délicate pensée, il ne voulut pas que le navire français arrivât au Pirée avec un équipage exclusivement anglais, et il pria l'ingénieur de la marine française qui l'avait assisté de prendre le commandement de ses hommes, ce qui offrait en outre l'avantage de pouvoir faire intervenir à point nommé l'initiative d'une personnalité compétente dans le cas où quelque incident imprévu viendrait à surgir.

Sir Owen aurait désiré que Poulpiquet et les scaphandriers s'embarquassent également; mais l'ami de Halgouët demanda en son nom et au nom de ses compagnons, comme suprême récompense de leurs communs efforts, à participer à la construction du monument funèbre, afin que des mains françaises pussent s'associer à ce dernier hommage; et comme la limite de temps stipulée par l'amiral de la Rénolière, en mettant ses marins à la disposition de sir Owen, n'était pas encore atteinte, le commandant de l'*Investigator* fit droit à la requête de ces braves gens.

A neuf heures, tous les préparatifs étaient terminés. Les steamers grecs, sous vapeur, n'attendaient plus que le signal du départ. Sir Owen se rendit à bord du *Sirius*, et parcourut le malheureux navire. L'aspect du pont était presque normal, d'autant plus que les ma-

Sir Owen proposa d'élever le monument à mi-côte du cône.

telots du yacht s'étaient efforcés de masquer, par d'ingénieux artifices, les dégâts causés par le naufrage; mais l'intérieur offrait un spectacle lamentable. Les tapis des cabines et des carrés étaient décolorés, et leurs teintes vives s'étaient fondues en une couleur neutre et terne; les instruments de navigation, les baromètres, les lampes, les mains courantes, qui jadis, entretenus avec une minutieuse sollicitude reluisaient comme l'or, étaient revêtus d'une couche verte d'oxyde de cuivre. Les acajous des tables et des boiseries, autrefois polis comme des miroirs, se gondolaient, délavés et fendus, laissant voir les fibres du bois. Le sol était jonché d'une multitude d'objets disparates, ustensiles de table ou de cuisine, pièces de nécessaires de toilette, vêtements, armes rouillées, livres gonflés aux feuillets collés ensemble. Dans la cabine du commandant, la cloison contre laquelle était scellé le coffre-fort contenant les papiers et la caisse du bord avait cédé, et l'armoire de fer gisait, appuyée sur le cadre de la couchette. Dans cette chambre, sir Owen recueillit différents objets : deux cadres contenant des photographies rongées, un sabre, une montre, un couteau de poche : autant de souvenirs qu'il se proposait de remettre à sa nièce. La machine apparaissait, entre les cloisons brisées, comme un immense squelette jaunâtre, sous la couche épaisse de rouille qui l'avait envahie. Dans le poste de l'équipage et dans l'entrepont, c'était un inextricable entassement de hamacs, de matelas, de couvertures, pêle-mêle avec des fusils, des haches, des sabres, des gamelles, des terrines, des coffres à habits.

La visite une fois terminée, sir Owen mit deux factionnaires devant le coffre-fort du commandant, qui ne devait être ouvert qu'en présence du consul de France, remonta sur le pont, et du haut de la passerelle donna ordre d'appareiller. Puis il revint vers l'arrière. Le câble de remorque se tendit, et, alourdi par la ceinture de flotteurs qui l'entourait, hésitant et comme surpris de fendre de nouveau les lames après avoir dormi sous la mer le lourd sommeil des navires perdus, le *Sirius* se mit lentement en marche.

Alors sir Owen remit à un des matelots un pavillon qu'il avait apporté. L'homme le passa à la drisse, et, sur le *Sirius* comme sur les navires grecs, comme sur l'*Investigator,* tout le monde se découvrit, tandis que les trois couleurs s'élevaient dans les airs à la corne du bâtiment que la France allait recouvrer.

Quelques instants plus tard, sir Owen, après avoir acquis la certitude que la navigation pouvait se faire dans des conditions suffisantes, serrait une dernière fois la main à l'ingénieur, redescendait dans sa baleinière, et retournait à bord de son yacht.

En revenant, il se croisa avec un canot qui emmenait à terre une équipe chargée de procéder aux premières fouilles, dès que l'emplacement aurait été déterminé. Elle se composait de trois marins anglais et des scaphandriers français, qui tenaient à honneur de donner les premiers coups de pioche. Une heure plus tard, Mme de Malher débarquait, en compagnie de son oncle, sur l'îlot de Syrtos.

Il était impossible d'imaginer un paysage plus désolé que celui de cette île, qui n'offrait pas deux kilomètres de tour. La roche vive s'enfonçait directement sous la mer, et c'est avec peine qu'on avait découvert une petite anse où les canots pouvaient venir s'échouer sur une minuscule plage de sable. Partout, jusqu'au pied du cône volcanique où se balançait, par instants, une légère fumée, le sol était couvert d'une sorte d'argile, fendillée par l'action alternative des pluies et du soleil, et provenant évidemment de cendres volcaniques d'une nature particulière : cette même argile,

C'étaient les trois disparus du *Sirius!*

qui, sur la carapace de laves de la ville morte, avait mis une couche réfractaire à l'eau. On ne voyait, aussi loin que l'œil pouvait s'étendre, d'autre trace de végétation que quelques maigres tamaris, des bruyères roses et deux ou trois figuiers sauvages, qui poussaient dans les rares amas de terre végétale apportée par les ouragans.

Sir Owen proposa d'élever le monument à mi-côte du cône, sur une sorte de plate-forme de rocher, qu'on pouvait voir de très loin. Mais Mme de Malher ne fut pas de cet avis.

« Si vraiment, dit-elle, mon mari et ses compagnons ont péri, c'est la mer qui est leur sépulture. Et puisque aussi bien le monument que nous leur élevons est un tombeau, je désire qu'il soit placé le plus près possible de l'endroit où ils reposent. Je voudrais donc qu'il fût édifié non loin du rivage. Les marins qui longeront les côtes de Syrtos le verront ainsi plus distinctement. Il sera plus facile aux passants de la mer d'apprendre à quelles mémoires il a été élevé; on pourra plus aisément lire, en venant à terre, l'inscription qu'on reculerait peut-être à aller déchiffrer sur le flanc de la montagne, et, comme les braves marins qui passeront près de ce lieu de désolation ne manqueront pas d'adresser au ciel une prière, ils pourront ainsi y mettre un nom !... »

Sir Owen s'inclina. On choisit une sorte d'excroissance du sol, un mamelon très bas, situé à une cinquantaine de mètres du rivage, assez près pour satisfaire au désir de Mme de Malher, assez loin pour que le monument fût à l'abri des dégradations de la mer par les jours de tempête. Séance tenante, sir Owen fit tracer le carré à creuser pour les fondations. Poulpiquet fit un grand signe de croix, prit sa pioche, et donna le premier coup. Les compagnons attaquèrent en même temps le sol.

Mais, au bout de quelques minutes, on dut s'arrêter : l'argile dans laquelle on travaillait n'avait pas dix centimètres d'épaisseur. Au-dessous, on attaquait une couche de lave dure et résistante.

« Commandant, dit Poulpiquet, nos outils s'ébrécheront sur cette roche. M'est avis qu'il faut employer la mine.

— Vous avez raison, mon ami, répondit sir Owen. Je vais envoyer chercher des cartouches. »

Puis se tournant vers sa nièce :

« Ma pauvre enfant, dit-il, vous n'avez plus rien à faire ici pour l'instant. Votre vœu a été obéi; laissons travailler ces braves gens, et revenons à bord. »

La jeune femme prit le bras de son oncle. Elle descendit jusqu'à la petite plage. Puis, au moment d'embarquer dans le canot, comme une veuve désolée qui ne peut se résigner à quitter une tombe encore entr'ouverte, elle joignit les mains, et d'une voix presque suppliante demanda à son oncle la permission de rester encore. En vain sir Owen lui fit-il remarquer qu'elle avait besoin de repos et de ménagements, que le soleil était ardent et qu'elle n'avait aucun abri. Rien n'y fit. Elle s'obstina, toujours douce, mais ferme, et, dans la crainte de provoquer une crise, sir Owen dut s'incliner. On apporta le tendelet d'une des embarcations; on fit un siège avec les coussins de l'arrière, et la jeune femme s'installa à l'ombre de cette tente improvisée, les mains jointes et les yeux fixés sur le groupe des marins anglais et français, qui, au repos, appuyés sur leurs pioches, attendaient le retour du canot parti pour aller chercher les cartouches à bord de l'*Investigator*.

La mine fut bientôt établie. Au moment d'y mettre le feu, tout le monde se recula à une centaine de mètres. Un timonier du yacht, qui remplissait à bord les fonctions d'artificier et de canonnier, alluma la mèche et vint rapidement rejoindre le groupe formé par les travailleurs et les spectateurs. Une minute s'écoula. Tout à coup on vit s'élancer un jet de feu. Une détonation se fit entendre, sourde, répercutée comme un coup de tonnerre par les échos de la montagne. En même temps, une gerbe d'éclats de pierre s'éparpillait dans l'air ; un large trou s'ouvrait à la place de la mine, et, à la stupéfaction profonde des assistants, des colonnes d'eau jaillissaient de l'ouverture, chassées par des blocs effondrés.

Tout le monde se précipita vers le trou pour découvrir la cause de cet étrange phénomène. Mais au moment où l'on arrivait à mi-chemin, les matelots et sir Owen s'arrêtèrent, cloués sur place, effarés, presque terrifiés, tandis que Mme de Malher tombait à genoux !

Du trou providentiellement ouvert par la mine, trois hommes hâves, déguenillés, ruisselants d'eau, sortaient, se hissaient péniblement, et se dressaient, hagards, hébétés, n'osant croire encore au salut invraisemblable, à la résurrection.

C'étaient les trois disparus du *Sirius!*

XI

De ce qui se passa à ce moment nous ne dirons rien. Il est des joies dont aucune plume ne peut rendre l'effrayante intensité.

Par un miracle dû à la jeunesse et à la robuste constitution de nos héros, ceux-ci supportèrent le bonheur comme ils avaient enduré les coups du sort. Une heure après, réunis dans le salon de l'*Investigator,* la vaillante femme aux côtés de son mari, réconfortés par les soins qu'on leur prodiguait, ils esquissaient le récit de leurs terribles aventures. Et pendant qu'ils parlaient, les marins de l'*Investigator,* malgré la discipline, malgré leur ignorance de la langue française, se groupaient aux portes du salon du yacht, et cherchaient à saisir, à deviner quelques bribes de leur étrange récit.

. . . .

Notre rôle de narrateur fidèle s'arrête ici. Il nous reste maintenant à dire ce que sont devenus les trois disparus du *Sirius* et leurs amis.

Georges de Malher, malgré ce terrible épisode, n'a pas quitté la carrière maritime. Il doit passer prochainement capitaine de frégate. Après s'être reposé pendant six mois, ce qui lui était bien dû, il a demandé un congé au ministre de la marine pour se consacrer pendant deux ans à la mise à exécution d'une idée de sir Owen. Celui-ci, en effet, est possédé d'une pensée qui est la conséquence du drame auquel il a été mêlé.

Il s'est donné la tâche d'éviter les abordages en mer, et a entrepris, pour commencer, de débarrasser les grandes routes de l'Atlantique des nombreuses épaves qui constituent, pour la navigation, un danger terrible et permanent.

Jean Halgouët, dit Quosé, a demandé un congé de convalescence qui doit le mener jusqu'à l'expiration de son temps. Il est revenu dans son petit village breton, et, grâce aux lingots d'or de l'orfèvre égyptien, il s'est acheté une confortable barque de pêche qu'il a baptisée du nom singulier de la *Momie,* ce qui a stupéfié le pays. Pendant les premiers temps on l'a considéré un peu comme un fou, jusqu'au jour où le syndic des gens de mer, renseignements pris, a déclaré avec importance que, « d'après ce qu'on lui avait écrit du ministère, » les aventures qu'il racontait étaient exactes. Son ami Poulpiquet est venu le rejoindre, et lui sert de second. Tous deux ont reçu la médaille militaire au 1er janvier de l'année dernière.

Quant au docteur, son premier soin, en arrivant au Pirée, fut de faire ses préparatifs pour aller étudier le choléra de Beyrouth. Il apprit avec le plus grand ennui que l'épidémie s'était subitement arrêtée après huit jours.

« Allons! dit-il avec humeur, il est dit, décidément, que je ne verrai jamais le choléra. »

Tous ces hommes, liés entre eux par de si terribles épreuves et de si poignants souvenirs, sont restés en correspondance suivie les uns avec les autres. C'est à frais communs qu'ils ont voulu faire élever sur l'îlot le monument qui n'avait plus à consacrer qu'une seule mémoire; celle du jeune aspirant mort en faisant son devoir. Dispersés en ce moment, ils s'écrivent de longues lettres, qui toutes se terminent par le souhait de se trouver réunis dans de moins terribles circonstances. Leurs désirs vont être exaucés, et nous retrouverons tous ces braves gens groupés autour de sir Owen dans son œuvre d'humanité et de courage.

FIN

TABLE

25075. — Tours, impr. Mame.

www.ingramcontent.com/pod-product-compliance
Lightning Source LLC
Chambersburg PA
CBHW070910030726
47504CB00005B/1529